アンソロジー風 XIII 2020

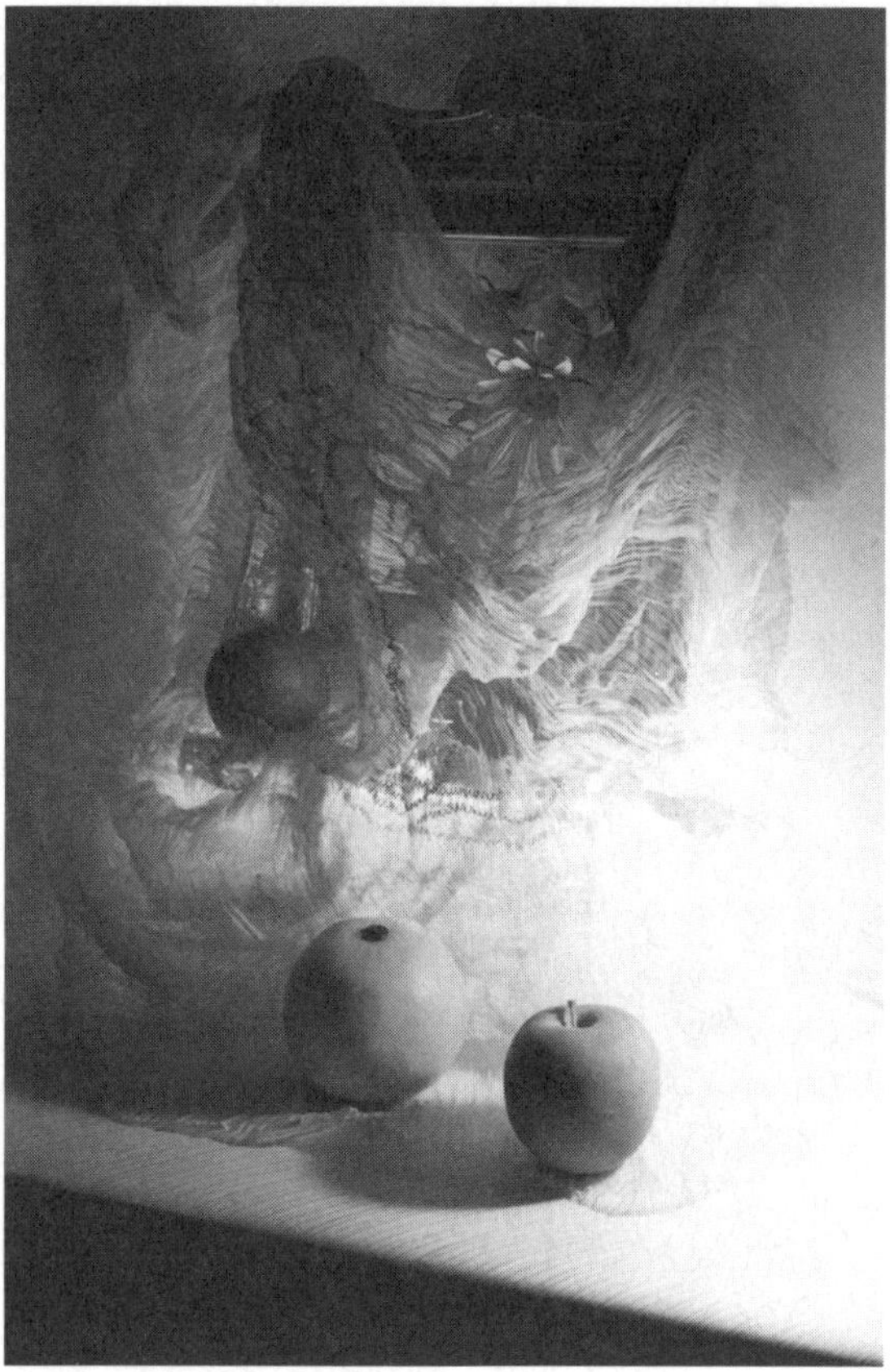

詩を朗読する詩人の会「風」編

竹林館

ご挨拶

本年は、「詩を朗読する詩人の会『風』」創立四六年目にあたります。毎月第三日曜に開催しております例会も五一一回を越えました。これもひとえに皆様方のご協力があったればこその成果です。

本会は昭和四九（一九七四）年二月二日に、大阪梅田新道のクラシック喫茶「日響」で生まれました。オイル・ショックがトイレットペーパー騒動に発展し、突然紙不足が生じ、新聞も十数頁に減じざるをえないほどすさまじいものでした。詩誌で作品を発表していた詩人たちは紙不足から雑誌の継続が困難になり、雑誌の代わりに声で作品発表をしようとのアイデアで一回きりで終わるはずの会が、本会のそもそもの目的でした。ところが大入り満員で朗読希望者を消化しきれず、継続を余儀なくされました。そうして世話人会を作り、初代代表世話人に榊次郎が就任しました。どちらかといえば、受け身の姿勢でおぼつかない歩みを始めたのです。二年目に代表は水口洋治に交代いたしました。

以後、参加者の様々な提案に私たちは進路を教えられ、五〇回目に最初の『アンソロジー風』を刊行し、百回からはアンソロジーと「ポエム風フェスティバル」と題したイベントをも行うようになりました。平成六（一九九四）年の『アンソロジー風Ⅳ』から作品の募集範囲を全国に拡大し、平成八（一九九六）年には「風」賞を制定いたしました。

こうして私たちは朗読を通じて詩人と詩人、あるいは詩の愛好者とがつどい、詩を愛する者の場を積み重ね、アンソロジーによって詩の輪を全国に広げてまいりました。現在の世話人代表は中尾彰秀、世話人は市原礼子、榊次郎、左子真由美、永井ますみ、吉田定一で、持続的に活動をしています。

詩は心です。心を広げ、人を愛するのが詩です。そして文学の初心です。私たちは今後ともこの心を大事にして、朗読会活動、アンソロジー刊行、「風」賞やイベント開催を続けてまいる決心でございます。なにとぞ、今後とも熱いご支援をお願い申しあげます。

令和二（二〇二〇）年五月吉日

詩を朗読する詩人の会「風」世話人一同

目次

ご挨拶　1
青木善保　クロアゲハ　12
秋野光子　あなたに　14
浅木　萌　バス　16
あたるしましょうご　星の舞踏会　18
中島省吾　こころの病と言われているが　20
石村勇二　曲がる　22
市川つた　大きな木　24
市野みち　だいすきだよって言って　―孫娘に　26
市原礼子　叫びたい　28
伊藤康子　別れの羽根　30
犬童《いんどう》かつ代　風の言伝　32
井上尚美　いっしょがいい　34
今井　豊　サイレント　36
岩井　昭　たたむ　38
魚本藤子　ゆっくり生きなさいの信号　40
後　恵子

CONTENTS

大倉　元　死ねない男　42
大西久代　狐の紙片を踏んでゆく　44
岡本真穂　ふれ合《あ》い人《びと》　46
奥村和子　さやかな風の人よ　中村哲医師を殺したのは誰　48
尾崎まこと　ナマコの女　50
梶谷忠大　'80 夏のカルテ　52
方韋子　神を待つ少女　54
加藤千香子　はなことば　56
金田久璋　乳繰り合う　58
香山雅代　星の雫　60
河合真規子　空の額縁　62
河原修吾　箱　64
久保俊彦　Leap Second　66
黒羽英二　不思議人はAI《エイアイ》　68
桑原広弥　天窓　70
高　裕香　お義母《かあ》さん　72
香野広一　梅雨　74

牛島富美二　春に溺れる　76
こまつかん　ことばと夢見ることについて　78
佐伯圭子　塔の上　80
榊　次郎　芸術の森　82
嵯峨京子　遡上　84
さがらたけお　父と蛇の日傘の女　86
佐倉圭史　小さなすぐりの唄　88
左子真由美　グラス　90
佐藤春子　案内《おづげぇ》　92
佐藤　裕　詩の生まれる場所　94
更北四郎　好物　96
塩田禎子　シベリア鉄道の列車にゆられて　98
志田静枝　光る傷跡　100
渋谷　聡　拝む　102
島田奈都子　空耳　104
下前幸一　いつのまにか雨が　106
白井ひかる　ショウジョウバエと万華鏡　108

CONTENTS

杉野紳江　母はもういないんだ　110
洲浜昌三　縄文の子守うた　112
田井千尋　卑弥呼の風　114
髙野信也　反復　116
高丸もと子　風のラブソング＝ガイコツのうた　118
武西良和　高畑への道　120
田島廣子　ユウレイがいる　122
TAMAKO　大島―ハンセン病を見つめて　124
張　華　風溜まり　126
寺西宏之　生きている　128
斗沢テルオ　懺悔　130
中尾彰秀　柏崎　132
中西　衛　信号　134
永井ますみ　なにくそニンニク　136
名古きよえ　インドの少女　138
西田彩子　年の瀬のコンサート　140
西田　純　自分　142

にしもとめぐみ　ゆくへも知らぬ　144
根津真介　半夏生《はんげしょう》　146
根本昌幸　門　148
橋爪さち子　やくそく　150
橋本和彦　木の哲学　152
働　淳　流れ星　154
花潜　幸　星ひと夜　156
葉山美玖　朝の琥珀　158
原　詩夏至　ただいま　160
原　圭治　ひばりさんへ　讃歌　162
半田信和　額をあてる　164
平川綾真智　三間飛車の悲哀　166
平野鈴子　ラ・フランスの恍惚　168
ひろせ俊子　夜明け前　170
深谷孝夫　お世話になります下弦の月　172
福田ケイ　青い手袋　174
藤沢　晋　黄金の日々　176

CONTENTS

藤谷恵一郎　一粒の砂　178

前田孝一　空洞　＝休日の病院＝　180

前原正治　私は呼ばれたのです　182

牧野　新　暗〜い詩　184

増田耕三　下津井幻想　186

松原さおり　老学者と猫　188

三浦千賀子　リュックの中身　190

水崎野里子　あなたの瞳　192

水野ひかる　絞る　謎　194

道元　隆　思いもよらないことが現実に　196

宮崎陽子　騒がしい蝉　198

村田　譲　折り鶴のピアス　200

村野由樹　文字たちが飛行して　202

森井香衣　菩提樹の下で　204

森木《もりき》　林《りん》　――借景――　206

もりたひらく　泣けなかった女の子　208

森田好子　あの子　210

八重樫克羅　月の美しい夜の川　212
安森ソノ子　階段教室で　―パリ大学で思想家と―　214
山本なおこ　真っ正直にすわってみる　216
横田英子　欠けていく時間　218
吉田享子　最後のありがとう　220
吉田定一　失って生きる　222
吉田義昭　幸福な無人駅　224
頼　圭二郎　鎮守の森を駆け抜けて　226
若見政宏　その男、レニン。　228
渡辺孔二　一粒のブルーベリー　230

資料　233

あとがき　「未知との遭遇」　詩を朗読する詩人の会「風」世話人代表　中尾彰秀　253

カバー・扉写真　尾崎まこと

作品

クロアゲハ

青木善保

真夏の日暮れ時
母さんが激しく呼ぶ
娘がきてくれた　と
何処からきたのか
クロアゲハが
ヒラアリ　ヒラアリ
庭の低い空間を
風に乗って翔けている

三年前までくらしていた
部屋の窓に
近づいていく
純白　淡紅のグラジオラスの間を
色鮮やかな紫陽花を越えて
百日紅　向日葵に向かう
そっと牡丹の葉先に羽を休める
思い出の庭を

なつかしそうに
たのしそうに
風に乗って翔ける
バラの葉に休む

立ち尽くす二人の眼前に
挨拶するように
翔てきては去っていく
翔てきては去っていく
眼の前に
羽ばたきで静止する
眼と眼が合う
無音のことばが交叉する
温かい黄金の沈黙
よくきてくれたね
確かに娘が
そこにいる
宵闇が迫る
クロアゲハの姿は消える
曇り空に
遠雷がひびく

あおき　よしやす
著　　書　詩集『青木善保詩選集一四〇篇　コールサック詩文庫 17』『風の運ぶ古茜色の世界』

あなたに

秋野光子

おたずねします
愛してもよろしいですか
あなたを
あなたに向かっているとき
私は　光になれます
湧きいづる　泉になれます

あなたに向かっているとき
私の背負っているものは
すべて　影をひそめます
光が　燃え上ります
魂が　踊ります

おたずねします
愛してもよろしいですか
あなたを

あなたが　カラカラカラッと
大声で笑ったら
そのとき　私はたちまち
粉ごなに飛び散り
消えてしまう

大声でどなられたら
私は　そおおっと
静かに姿をかくします

何も云わずに　もしあなたが
黙って　私をみつめたら
そのとき　私は
どうすればいいのでしょう

笑おうと
どなろうと
それは　あなたの自由
いつもあなたは　自由自在

あきの　みつこ
所属詩誌　「ＰＯ」
著　　書　詩集『電話』『万華鏡』

バス

浅木　萌

ファミレスで同じものを注文した
久しぶりに会って
時間を共有できることのうれしさの中で
互いに思いやる気持ちが
微妙にずれるのを
ニッコリと笑顔でつつむ

　花びらが一枚
　ゆっくりと散ってゆく

表に出ると
幼子を抱きしめたその時から
一歩も前に進めない心を
星がキラキラと照らし出す
握手をして別れた
昨夜のこと
頭の中は昨日をさ迷っている

今
一つの空間を保ちながら
時を切り裂きバスは行く
あの坂道
一瞬で通り過ぎた
　　背筋からハラハラと
　　花びらがこぼれ落ちて行く
前方に広がる真青な空
バスはひたすらに走り続ける

あさぎ　もえ
所属詩誌　「花」
著　　書　詩集『富士の見える家』

星の舞踏会

あたるしましょうご中島省吾

よいしょよいしょ　妙ちゃんよいしょよいしょ
妙ちゃんはポニーテールののんびり屋さんです
「このお花は食べれるかな。美味しい匂いがするんだ」
とある日に妙ちゃんは病気になりました
閉鎖病棟でのんびり屋さんに似合わない運命を受け入れました
妙ちゃんは都会に行くときはセクシーに決めますが
今は家の屋根の上で星空を観ています
「星の舞踏会みたいだあ」
今はエプロンをかけておっちょこちょいな子育てママさんです
家庭教師のトライは先生の交代何度でもとシーエムでうたっています
先生が選べるように変わりました
「こりゃあ、ダメだなあ。少年に男が押し入ったら女に交代何度でもで、
ずうずうしくストレスと緊張が溜まるなあ。事件がありそうだなあ」
妙ちゃんには理性がありました
昼間、今日も仏壇の御本尊さまの前に座って、御本尊さまとお茶デートし
ていました
お茶しています　仏壇の机でテレビガイドを観ています
午後のひととき

もうすぐ娘の塾の帰り　天王寺駅に迎えに行きます
入場券で駅中に入って　快速電車が入ってきました
新型の車両を使った電車です
運転士さんに　自我と電車のコラボ写真を撮ってもらいました
「運転士さん、これどうぞ。39円の缶コーヒーだよ」
運転士さんは、はにかんで受け取りました
「姉ちゃんありがとう」
娘は友達とどっかに遊びに行きました
「せっかく来たのに」
帰り道あいりん労働センターのおっちゃんにナンパされました
「今日、おっちゃんの缶集め、はよ仕事終わったん？　おっちゃん、大阪のおばちゃんの飴ちゃんではしんどいよねえ。おっちゃんに自動販売機でコーンポタージュを買ってあげよう。ごくろーしゃん」
「ありがとう姉ちゃん」
「そのうち、サムなるからおっちゃんあったかくしいや」
私の空
マイライフイズ
おおマイライフイズ
みんな苦しいんだ
マイライフイズららら

あたるしましょうごなかしましょうご
所属詩誌　「ＰＯ」「星と泉（プロ枠）」「せんしゅうプレス新聞」
著　　書　小説（改訂増補版）『本当にあった児童施設恋愛』『入所待ち』（第２刷）

こころの病と言われているが

石村勇二

ひとを愛する気持ちがないわけじゃない
主義主張を超えて
民族や性別や貧富や年齢を超えて
ひとを愛する気持ちはある

花や鳥や子犬や猫をめで
奪い合い　おごりたかぶるのではなく
ひとも自然環境も大切にし
戦争ではなく平和を願う気持ちもある

災害や事故　汚職や痛ましい事件
こころがうずき過ぎてテレビから眼をそらす

こころの病と言われているが
たましいまでが病んでいるわけじゃない
傷つきやすく壊れそうにはなるが
必死でみずからのスピリットを守ろうとしている

石村勇二

プライバシーが守れず
一挙手一投足だけでなく
こころで思ったことまでも
すべて筒抜けになっていた
わがガラスの部屋よ

見られているという意識が
緊張の連続を生み理不尽さに怒りもした
お天道様だって見てくれている
そのことに気づいたときから
見られているは見守られているに変化した

正直だっていいじゃない
自分をさらけだしたっていいじゃない
わたしのためを思って
天はわたしを統合失調症にしたのだろう
ガラスの部屋の中での孤独
新しい段階を迎えそうな予感

いしむら　ゆうじ
所属詩誌　「RIVIÈRE」
著　　書　詩集『都市』『ガラスの部屋』

曲がる

市川つた

曲がっているなんて思ってもみなかった
何時から曲がったのか
透かして見ると
どれも曲がって済ましていた
右に左に　直角に　弓なりに
反り返ってくることもあって
それぞれ思い思いに線は引かれ

蟻の行列　蝶の飛翔路
曲がり　曲がっているのに
一直線だと勘違いして
歪んでいる　蛇行している
それでも真直ぐの想いだと決めて

随分曲がっていた　歪んでいたのではない
前向きの距離が　跳躍している高さが
ゆっくりでいい早足でもいい

スキップでいい　蹌踉《そうろう》でもいい

曲がり曲がって入り組み
矢印は自在に変わり
あなたの指針を擦り抜けて
それでいい　それで完璧

地球は丸いのだから直線は引けない
思いは曲がって届く
曲がった快さで
海に対峙した憧憬も優しく曲がり
直線に描かれ続けている

いちかわ　つた
所属詩誌　「回遊」「衣」
著　　書　詩集『虫になったわたし』『月の罠』

大きな木

市野みち

冷たい北風が吹いても
堂々と立っている大きなケヤキの木

木だって本当は寒い
そうさ　木だって本当は寒いのだ
冷たい北風が吹くたび
体にまとっていた葉っぱ達が
ヒューヒュー　クルックルッ
風と一緒に飛んで行ってしまう
地面を覆っている落葉だって
小さい頃からずっーと
大きな木を頼りに育ってきた
風よ　もう吹かないで

おかまいなしに又風が吹く
やっと静かになっても
残り少なくなった葉っぱが

音もなく去って行く
木だって本当は寒い
ぶるぶるっと身震いをして遠い空を見上げた
頑張って踏ん張っていれば
暖かい春　再びチビッ子達がこの枝で育つ
今も幹の奥の方で生まれる準備をしている
だから
どんなに北風の冷たい日だって
頑張って立っていられるよ

いちの　みち
所属詩誌　「マロニエ」
著　　書　詩集『かくれんぼ』『暖かい風が吹いて』

だいすきだよって言って

——孫娘に

市原礼子

だいすきだよって　言って!

初めてひとりで　お泊りに来たとき
私の首にしがみつき
あなたはそう言った

この世に生まれて
まだ　間もないのに
もう　孤独の夜を知っている

やっとお座りが出来るころ
椅子の上のあなたは
ハッとするほど　ひとりだった

ポンと置かれた椅子の上で
そこに居ることに　ただ懸命な
あなたの顔

市原礼子

背中をなでるうちに
あなたは　やっと
こどもらしい寝息をたてる
誰におそわるわけでもないのに
愛を求めるこころ
それに応えたい
だいすきだよ！

いちはら　れいこ
所属詩誌　「RIVIÈRE」
著　　書　詩集『愛の谷』『フラクタル』

叫びたい

伊藤康子

木枯らしをからだに感じ
コートのえりをたてて歩く

木の葉はざわざわと音をたて
塗装中のマンションでは
覆いのビニールシートが
さわさわと音をたてる

アスファルトの道をいくと
足許から冷気が這い上がってくる

いつのまにか季節は移り
鳥の声も虫の声も聞こえてこない
生きている命の声が聞こえてこない
風の作り出す音だけが響いてくる

伊藤康子

この時期に亡くなった人の想い出が
じんわりと浮かび上ってくる

ついこの間のように思っていても
あの人の誕生日が浮かんでこない
あの人の亡くなった年が浮かんでこない
木々のざわめきが心をしめる

わあっと
大声で叫びたい　今

いとう　　やすこ
所属詩誌　「サロン・デ・ポエート」「銀河詩手帖」
著　　書　詩集『糸を張る』『花をもらいに』

別れの羽根

犬童《いんどう》かつ代

深く沈んでゆく日常に
とまどい
置いてきぼりにされた
一日　一日を
元気がない
もっと溌剌にと
励ましてくれた

嫁いでいる時
病死して　急な知らせを受ける
見るからに　細々しい体になった
父の姿……

なきがらは焼かれた
棺桶に横たわったままの父は
もっと小さくなって

白く濁っている

「病死したのよね」と
誰かがボソッと言葉を発する
いつまでも　力強い父の
現実と非現実が
交差する

燃えつきた魂は
傷ついた心に
重く受け止められる

「さよなら」
という言葉ももどかしく
いつの間にか夢中で父の背中の羽根を
握りしめている

いんどう　かつよ
所属詩誌　「東京四季」「野ばら」
著　　書　詩集『夜空』『三色の絵』

颪の言伝

井上尚美

親戚縁者に死者がでると
声のよく通る子供の出番だ
「日向山で働いている父ちゃんに伝えておくれ」
電話も自家用車《くるま》も少なかった時代
山深い村まで伝達にやって来た縁者もまた
徒歩でやって来たのだ
私は歩いて十分程の茶ノ木段に向かう
其処は四方の山が見渡せる小高い丘
家族が働いている山の方角を向いて
口元に手でラッパをつくり　大声で叫ぶ
「おじさんが死んだぁ　すぐ戻れぇ」

大役を終えて歩いていると
父が駆け足で私を追い抜いて行く
父を追いかけるが追いついたことはない

長閑な時代だったとも言えるが

言伝には悲しみだけが詰まっていた
兄のように慕っていたカツミが死んだときは
「カツミ」を連呼するだけで
あとは言えなかった
風は悲しみを確実に伝えてくれて
父は駆け足で下りて来た

カナリアの諸島のラ・ゴメラ島では
今でも口笛言語があって
深い谷の向こうに暮らす人と交信し合うそうだ
美しい口笛が谷を渡っていくなんて　素敵だ
「君が好きだぁ」と語りあえたら　なお素敵
なかには「母ちゃんが今朝死んだぁ」もあるかもしれない
その時　谷を渡る風は口笛をやさしく包んで
運んで行っただろう

故郷で山守のように暮らすキミちゃんは
今でも　風の強い夜
「カツミ」と呼ぶ声が聞こえると伝えてくる

いのうえ　なおみ
所属詩誌　「穂」
著　　書　詩集『骨干し』『あひるの消えた道』

いっしょがいい

今井　豊

地球が生きているから
僕は命を与えられた
地球と共に生きてきたから
あなたと出逢えた

大好きを知り
愛を育み
泣いて
笑って
怒って
宇宙の果てまで
ぶっ飛ぶような
悦びを知る

ずっと
いっしょがいい

今井　豊

一緒に過ごせること
当たり前でも
永遠でもない
限られている

だからこそ
一緒に過ごす時間を
大切にしよう

ずっと
いっしょにいたいから

いまい　ゆたか
所属詩誌　「ＰＯ」
著　　書　詩集『一枚の写真』

サイレント

岩井　昭

六階の緩和ケア病棟のガラス窓はるか
下界の道路を
ヒトが自動車がノロノロと

日常はスローモーションだったり

ベッドに横たわって
からだはどこかへいってしまって
こころと五感だけでかろうじて感じて

きのうきょうあす
はなれてゆく
ちかづいてくる
呼吸がゆっくりになって

だれにも気取られず
生と死をいれかえる

病室の白いかべが無声映画のスクリーンになって
どこまでも律儀だった

記憶のなかで想い出だけが
せわしくとびかって
やせてしまった表情に
かすかな笑みが

のこされた時間はわずかです
宣告がカウントダウンをしている

下界では
日常がノロノロと傾いで
サイレント
はなれてゆく
ちかづいてくる

いわい　あきら
所属詩誌　「ぱぴるす」「詩食（個人詩誌）」
著　　書　詩集『この片隅の夕暮に』『ひるま☀です』

たたむ

魚本藤子

洗濯ものをたたむ
角と角を合わせて

靴下の右と左をきっちり重ねて
小さく丸める

たたんで小さくなっても
決してなくなったりはしないけれど

気難しい袖口も
歪んだ裏側も
たたまれて
積みかさねられて静かになってくる

気ままに風に揺れて
どうしようもなく広がった大きなシーツを
二つ折りまた二つに折って折りたたむ

内側に風を閉じ込め
陽ざしを折り込んで四角に折りたたむ
そしてぽんと叩いて引き出しにしまう

簡単なことだ

慌てないで正座して
どんなものでも静かに折りたたむ

皺を伸ばして
ていねいに折りたたむ
そうするときっと
一枚の紙のように軽くなるのだ

今年九十九歳になる母は
どんな時もそのように折りたたんでいた
静かな背を見せて

うおもと　ふじこ
所属詩誌　「新燎原」「千年樹」「鯨々」
著　　書　詩集『くだものを買いに』『鳥をつくる』

ゆっくり生きなさいの信号

後　恵子

サンティアゴ巡礼
皆大きなリュックを背負った人たち
野原の間の土の道を山間の細い道を
どんどん歩いて行く
田舎の風景に夕闇が迫る空
オレンジ色の夕日は癒し
テレビの映像は美しい景色
世界遺産になっている巡礼路

カトリック信者の私は
若かったら約八〇〇キロの五〇分の一でも
神を感じながら苦しい巡礼の旅を歩きたかったが
舗装された坂道を
キャリーバックと一緒に転ぶ
眼鏡は壊れ
目の下が切れて血が流れる
鼻の下も眉の上も擦り傷

上唇も切れて膨れ上がり
転んだ感覚もわからなかったから
頭を打っているかもしれないと
CTを撮ってくれた
派手に転びましたねと老医師
でも骨折しなかっただけ不幸中の幸い

大地をしっかりと踏みしめていない足
老化が急激に進む
耳は言葉を掬い取れなく
動作に鋭敏さが欠ける
いつから切ない身体になってしまったのだろう
生きられる時間が短くなっている

うしろ　けいこ
所属詩誌　「RIVIÈRE」「プライム」
著　　書　詩集『カトマンズのバス』『地球のかたすみで』（共著）

死ねない男

大倉　元

三途の川の渡しに差し掛かった時
「ちょっと待て！」と　大きな声で呼ばれた
振り向くと大男が刃物を振り回している
怖い者知らずの俺もこの時だけは恐ろしかった
「何故ですか」つい姿勢を正していた
「お前というやつは悪人だ　そんな体であの世へ行けるか
あの世はそんなに甘くはないぞ　俺はそんな奴を見張り
この世に送り返す役を受け持つ悪玉返しの仏だ」
「アホな　そんな仏がいるなんて聞いたこともない」

俺は悪を悪だと思っていない　俺の身体にしみついた性
喧嘩　盗人　詐欺　いかさま博打　泥棒　借金の踏み倒し
他所の女房と駆け落ち　すぐに捨てる　平気で人をだます
俺は口がうまいのか誰もが信用してくれた

「俺はあの世に行く値打ちの無い奴を　見張って
前世に戻しているんだ　どうだ分かったたか

そんな奴には今から地獄以上の責め苦があるんだ
あの世に行けるだけの　善行を積め　修行をしろ」
「このままあの世に行かせてくれ」
「バカを言うな　地獄へ落ちる奴はお前よりは
わずかだが善人だ　この世でもっともっと生き地獄を味わえ」

俺はいつまでも生きていたいと　思っていた
だが俺は死んだ　葬式もしてもらった
形ばかりの涙を流す奴もいた
まあ　こんな悪人でも　よう今まで生きてこられたもんだと
死んでホッとした人ばかり　裏山に埋められたのに
俺は生き返され　どことも知れない土地へ放り出された

悪行を　一つずつ悔い　神を信じ
この世をはいずり回っている
それが終わるまでは　あの世には行けない
何年かかるかしらんが　俺は身を粉にして頑張る
俺は死にたいと思っている　だが死ねない体になった

この話を信じる人は善人？　悪人？

おおくら　げん
所属詩誌　「風鐸」「時刻表」
著　　書　詩集『祖谷』『噛む男』

狐の紙片を踏んでゆく──大西久代

いつの頃からだったのか　ないことへの恐怖
それこそが最も恐るべき事実だった

秋の陽が輝かしく金木犀を照らしている
オスマンサスとはギリシャ語で
語源は（香り）と（花）だとか
オレンジの花粒が天上に吹きあがる
この季節が来たのだな　視線は正しく認識する
そっと顔を知づけてみる　うん？
甘いあの花の香りがしない
他の木も確かめるが嗅覚は反応しない
そういえば　すべての臭いが消えているのだ
コーヒーの香り立つ馥郁さも
ニンニク料理の香ばしさも
突然の雨に濡れる土のほこり臭さも
鼠は猫の傍らでくうを見ている

クローズアップされた一枚の写真
猫だと認識できない鼠　嗅覚器が壊れた鼠
生きていく力とは危機を察知する能力
素早さは嗅覚に基づく　しずかに死への足音は始まる
私はうろたえる　私こそがあの鼠ではないか！
腐っているとわからず鶏肉を料理したあの日
ガス火から油鍋が焦げているのも気付かず
立ちのぼる煙にハッと我にかえる　私のくうが白濁する

テレビ画面はある実験へとさらに続いていく
天敵である狐の臭いを浸みこませた小さな紙片を
鼠の箱に入れる
正常な鼠はすぐさま動きを弱め　紙片から遠くで小さく蹲《うずくま》る
だが臭いを失くした鼠は関係なく動き回り
あろうことかその紙片を踏んでゆくのだ

嗅覚は　回復しない
無臭の空間をさ迷う私
今日も狐の紙片を踏んでゆく

おおにし　ひさよ
著書　詩集『風わたる』『海をひらく』

ふれ合《あ》い人《びと》

岡本真穂

女は赤子の顔を見ると　ニーッと笑う
赤子はその女の顔をじっと見る
そして　その女が母でないと解ると
顔をゆがめながら力いっぱいガンバッテ
泣き出す
よし　よし　聞きなれた母の声がすると
しゃくりの余韻を残しながら　母の腕に
抱かれる　ふくよかな母の乳房が赤子の
口に近づくと　赤子は小さな手を母の胸
にあて　ゴク　ゴクとあふれる乳を飲む
やがて　小さな涙を一粒目の下に残しな
がら安堵の眠りにつく

女の子は小学生になった
不安でならない気持を押さえながら母の
見送る路地をふり返りながら手を振る
そして

小学生という集団の中から青春の渦の中
へと駆ける　駆ける
いやな先生　好きな先生
いやな友達　好きな友達
女から　少女になった　乙女は恋をする
恋をする　失恋　失恋　恋をする
胸の鼓動を押さえながら未知の世界へ
男の眼差しを見つめながら女になる
結婚　出産　喜び　不安
やがて　母の乳房をさがした少女は
輪廻転生のごとく見事に生きる
万物の一員として　人間らしく白塗りの
仮面をつけながら行進する
にこやかに　老人の集う外科医院のロビー
当然のように　あなたわ何処が痛いの
あなたわ　あなたわ　おたがいに　そうね
そうね　そうなのよ　あゝ何という終曲に
向かうハーモニーよ！
女の瞼の底にある　ふれ合い人の残像は
日々薄れて行く

おかもと　まほ
所属詩誌　「神戸芸文」
著　　書　詩集『花野』『神戸蝉しぐれ』

さやかな風の人よ　中村哲医師を殺したのは誰

奥村和子

二〇二〇年一月　日本国自衛隊はペルシャ湾に艦船派遣
アメリカとイランがミサイル発射報復合戦の危険一杯の最中へ

二〇一九年十二月四日　中村哲医師何者かに銃殺される

美しい山　飛びかう蝶に惹かれてアフガニスタンに遊ぶ
さやかな風の人よ　義の人よ
その地の病に苦しむ汚れた人の群れをみすごせなくて
一九八四年　ハンセン病根絶を担って医療活動にはいる
その後誰も行かなかったアフガン東部の辺境の地に診療所を作る
美しい大地は大国の利益にふみにじられてきたが
二〇〇一年、米軍のアフガン空爆は熾烈だった
にげまどい餓死寸前の人々に小麦や食料油を届ける風の人
アフガンの澄んだ青い空を愛するロマンチストは
軍務よりは食料が今必要だと　リアルな実践家だった
二〇〇〇年　世界の気候変動から豊かな大地を大干ばつが襲う
病気を治すどころではない　まず生きること　何より水　水をなんとかしなくてはと
戦闘の砲声聞きながら井戸掘り作業にかかる　その数一六〇〇余

戦後一度も海外に軍隊をやらなかったというので
そのころ　日本人への信頼は絶大　日本人は安全に活動できた
強固な岩盤粉砕に大国の残した地雷や火薬を再利用することもあった
一つの井戸で二千人の村人の命と生活がたすかった
水浴びする子供たちの歓声は太古の人の歓声とおもわれた
だが容赦なく砂漠化する大地　村を捨て難民となる人の群れに
みすごせない　ほおっておけない中村医師の義侠心
運河をうがち緑の大地にしようとする二〇〇二年の夢のような宣言
高山の万年雪を流すクメール川から取水し用水路を作るという計画
風の人　中村医師は土木や灌漑の勉強を始める
九州築後川や球磨川を治めた江戸の農民の知恵をお借りする
蛇籠をつくり柳の植樹などアフガンの工人たちを養成する
切削は人海戦術　農民たちは希望を見つめ摂氏五〇度の炎天下を働く
洪水　渇水　堰の失敗　妨害　裏切り　数々の艱難辛苦
海外派兵しだした日本人への憎しみから危険がせまる
だがついに乾いた大地に緑の風が吹いた
子どもたちのはしゃぎ声　かじ屋の音　のどかな牛の声　小鳥のさえずり　川の流れ
　水車の音　女たちの井戸端会議
風の人よ　義の人よ
あなたのロマンからそんな暮らしがもどってきたのだ
経済発展　文明技術へのしずかな抗いの風が吹く

参考書　『天、共に在り』『医者、用水路を拓く』他

おくむら　かずこ
著　　書　詩集『めぐりあひてみし　源氏物語の女たち』
　　　　　小説『恋して、歌ひて、あらがひて — わたくし語り石上露子』

ナマコの女

尾崎まこと

戦争のあとには荒地が荒地のあとには墓地が
墓地のあとには市場ができる　昨日のことだ
朝市のブリキのバケツに女はいた

こいつは命の原型　いわゆるナマコの女であった
震える指先が万札を数え　盗人のごとく家に連れ帰り鍵をした
さすがに海の鼠である　いきなりマリ状になって僕に跳びかかり
顔やら胸やら尻に張り付いて　吸ったりもして噛んだりもして
取り出したばかりの心臓のような伸縮を繰り返し
黄緑色にも赤紫色にも発光したのである

α・β・γ　あらゆる時の角度をさらし
HO HO HO　翻訳すればゼロあるいは無限　曼荼羅教に万華鏡
バラモン式とか縄文式とか弥生式
オートマチック　オートマチックに昂ぶり
欲望の機械式め！　機械式め！
その軟体をみずから引きちぎり引きちぎりし

丸めこねまわしもし　壁に叩きつけ　ザクリ泣いては星を見せ
口に　指を差し入れてはクリッと裏返し　笑って月を見せつける

日が暮れかかるとき　ナマコの女はバタリ　僕からはがれ
床から見上げて　あたし　そろそろ帰らねば　と、
虫みたいに悲しい声だった
——今さらだけどどこから来たの？
遠くからです　うんと遠くからです
——十億光年くらい？
いいえもっと遠くの昨日からです
（えらそうにしないあなたが好きでした　これはほんとです）
ナマコの女は真顔にもどり　雨に叩かれた黄昏の国道を
ずりずり這って帰っていった
もちろん十億光年の峠を越えて昨日へ帰っていった

　昨日ほど遠い国はない
驟雨の下には市場　市場の下には墓地
墓地の下には荒地　荒地の下には戦争が

おざき　まこと
所属詩誌　「ＰＯ」「イリヤ」
著　　書　詩集『断崖、あるいは岬、そして地層』・写真集『大阪・SENSATION』

'80 夏のカルテ ——— 梶谷忠大

（この星がそうあった洪積世来の定常状態が崩れた）
——われらの星が病んだ《ラ・テール・エ・マラッド》

鳥は快適な空間を　それゆえ季と行動を
植物は汪溢する実りを奪われた
より微細な生物が蔓延った
向日葵は自力に余る花冠を早々と俯けた
病む気圏の中で
光は優しさを失った
——光のやさしさ?
　光を浴びてやわらぐもの

時に物質の存在を凌ぐ媒介物たる
空間の存在を初めて識ったように
人々は畏怖した　いたる所で
叫びが発せられた

空虚な蝉の脱殻の遺骸が転がっていた
湿った大地の幾つもの穴を男が窺いてゆく
地下から地表にむかって穿たれた穴を
視線は穴の表層に到くだけだった
病む地に重なる男の呟きが聞きとれる

――不明のように　明らかだ
　この緩慢な変容　それらの症候…
　否、明らかな症候と　不到の視線
　否、力の不在

〈風〉を感じ〈自由〉を隠喩してきた
空間の平衡への人知は未だに無力だった
――人知？　未だに？

音のない砲弾《ヒステリー》の映像が空に伝搬していた

かじたに　ただひろ
所属詩誌　「ＰＯ」
著　　書　詩集『夏のカルテ』「ことばの流れのほとり」

神を待つ少女

方章子

カラー刷りのポスターに
インドの女性が着飾って祈っている
まだ　ほほ笑みにあどけなさが宿る
いわく
　一三歳で結婚
　一四歳で出産
　恋はまだ知らない
かたわらに小文字で
　「女の子だから」意志を封じ込められ
苛酷な生活を強いられる人生があります　と

地の底に生き埋めになったようなショック
いまも「女性は女にされるのだ」

日本でのこと
一〇代の少女
「神待ち少女」といわれ

方韋子

神を待っている
神とはなにものか

今日の褥《しとね》と食を提供してくれる
神をサイトで探す
少女たちが神に捧げる唯一のものは
あれだけ
神とはなにものか

彼女は神を待つ少女
義父に犯され
家庭に居場所を失い
巷を徘徊し神を待つ
神とはなにものか

少女は神を得て
一つずつ
人の心から遠退いていく
それでも
神を待つしかない少女
神とはなにものか

かたいこ
所属詩誌　現代京都詩話会「呼吸」
著　　書　詩集『路逢の詩人へ』

はなことば

加藤千香子

列島はさくら舞う季節
花びら散りしいて小川に足とられそうになる
　ワタシヲスクッテ
一番小さいはなびらのか細い声
人間には　わからない　はなことば
言葉は人間だけがかわすものと我物顔
　ユルシテ　コロサナイデ
その言葉　父親になった人間男には聞こえなかった
辞書には意味が幾つも並んでいる
言葉は解釈されるものに
明治生まれ　後妻にきた
さとおばあちゃんのひとりごと
　覆水盆に返らず
さように　ことばは　水の性質　水に溶ける繊維
ことばは汲みとり汲みとられる
心の井戸の奥深くからもれるうるんだ黄色いあかり
ひかりは心の柄杓でくまないともれてしまう

加藤千香子

学校では辞書みて解釈する点取虫
みんなそうした大人になる
　ユルシテ　ゴメンナサイ
母国語でいうのに伝わらなかった
スクッテというハナコトバ
と
人間とロボットだけの共通語
と
人の世にしかない　ふた色のことば

かとう　ちかこ
著　　書　詩集『塩ころころ』『POEMS 症候群 』

乳繰り合う ―――――――――――― 金田久璋

という言葉だけで
なぜか勃起した思春期以来
もやもやは収まることなく

『広辞苑』には　「乳くり合う」は「男女が密会してたわむれあう」とし　「乳繰り」は
「（乳は当て字）男女が密会する。上方では、「ちぇちぇくる」「ちゃちゃくる」などという。
てくる。洒落本、蕩子筌枉解『実はていしゅとーつてゐるとみへる』」なんて
何だかよく分らない　分からぬままに
何故か納得済みとされてきた理不尽

　何なんだ「乳は当て字」とは　なら「乳」は何を指すのか
「たわむれ」の実体が　権威ある辞書の沽券にかかわるのか
上品ぶって　はっきり明示しない　下品さ

ちなみにウェブを検索すると　dor さんから
「ちちくりあいとは一体どのような行動なのでしょうか？　雰囲気はわかるのですが、
具体的になにしてるんですか？」との問いに

「本のページを繰る（読み：くる）はわかりますよね？
乳繰る＝動詞
乳繰り合い＝名詞
ご想像の通りで、且つ、字の如しの意味です。
指先の話しかあ〜」って　Ion さんの名回答にも

今一ぴんとこない　みんなの疑問は同じ
分っているのは「字の如し」の意味
「乳繰り合う」と聞いただけで
歩けなくなるほど　そそり立つリンガ
それ自体

人類は延々と飽きもせずに　体毛をわけて
個我をこすりあい
乳繰り合ってきたのである

かねだ　ひさあき
所属詩誌　「角」「イリプス」
著　　書　詩集『賜物』『鬼神村流伝』

星の雫

香山雅代

島が　運んできた　夕暮れ
消えがてに　咳をしたよ

刻こくを　はみだしているもの
黒い　フレコンバックが　沈んでゆくのか

樹ぎの幻影に　刻まれる地平
今宵　残闕を　浮きあがらせる
無窮の舟と　大三角　オリオンの瞬き

幽暗に　潜り込む
穂が　揺れ
虫の音　集き
星の雫を　頬に享ける

児らの　嬌声が
天空の　波打際に　交響する

香山雅代

かやま　まさよ
所属詩誌　「*Messier*」
著　　書　エッセイ集『露の拍子 *Essays*』 詩集『雁の使い』ほか 13 冊

空の額縁

河合真規子

十一階リビングに開かれた窓
四季折々の
朝な夕なの
東南の空をうつす四角い窓

凍えるような夜明け
春霞の生駒山
まぶしい入道雲
打ちつける風雨　灰色の空
ゆったり流れるうろこ雲

ブルーの空に明けの明星
やがて朝焼け　そして陽が昇る
輝く月　隠れる月
銀色の高い月　大きな黄色い月

がっかりした日も
心躍る日も
残念な日　達成感みなぎる日
ケンカした日　仲直りした日も
なぁんにもなかった　ゆるい日も

その窓は
自分の思いとは関係なく
日々の空を届けてくれる

その小さな窓は　教えてくれる
何があろうと　なかろうと
悠久の時は流れ続けていくことを

かわい　まきこ
所属詩誌　「万寿詩の会」

箱

河原修吾

壁壁壁壁壁壁に囲まれた箱の中に座らされて箱の顔を見箱の声を聞くうちに箱に飼いならされて箱に染められて手足を縮め口を窄めただひたすらに壁に向かい息を吐いていると気が濁って息苦しくなり我慢できずに箱から飛び出し外へ出たと思っても箱の中境目の見えない箱に丸い顔尖った顔細長い顔の箱がそれぞれの色と方向を背負って浮かび泣き喚いても足を踏み鳴らしても手で叩いても軀でぶつかっても無くなりはしない壁の中で金魚の糞のように鎖に繋がれてときに犇めき合いときに肩を寄せときに狂って角を立てて沸騰して隣の凍っている箱と体温の違いからぶつかって凹み血を流して屈みこむ弱い箱は勢いよく走る箱に潰されて大きな箱は大を使ってますます膨張し四角い箱は刺々しさを競って三角になり鋭角に閉じて箱のちょっとの差をもとり繕うのに困憊し窓から叫んでも箱の外には箱が箱の内にも箱が詰まって撥ね返され箱箱箱と箱が幾重にも幾重にも重なり入ろうとしても入れない女なら男の黒なら白の月なら太陽の箱を横

河原修吾

目に見て生まれながらの箱にがんじがらめに縛られて悶
々と箱の影に引きずられてうまくいかないのは箱の所為
と言い訳をしたあげくに箱に網を張る蜘蛛の糸に絡めと
られたふりをしてそこに穴があらわれ雨が降り出すまで
わたしは箱を煤で染めながらゆらゆらゆら生を燃やし続ける

かわはら　しゅうご
所属詩誌　「コオサテン」
著　　書　詩集『ゴオーという響き』『のれん』

Leap Second

久保俊彦

ユリウスを廻る躊躇わない瞬間
古より伝播されてきた遺産がある
それは　風蝕に歪むのさえ拒絶した陰翳のようだ

素数からはじまる階段は発語する
ユークリッドは頭を悩まし
居心地悪い捻じれを暦に感じていた

楕円《ケプラー》の予言は少し焦りを装いながらも
盲いていく刻の支配に終わりはない
だから　修復が必要だった

二月　石英の雨が降り
ある周期で余白に隙間を見つけた
創造を転機させた　俯角

失神する吐息にかけがえのない　貢物

それは苦痛の始まりなのか
規則的な蓄積に息を止めるだけでもいいものを
一滴の落下が
継続する記憶の存在に
瞬きすると叱られる余弦だったとしても
多項数の治癒は饒舌で
その隠された弛緩が言う
「どんな　病気ですか？」
No way!
閏秒《‥Leap Second》

くぼ　としひこ
所属詩誌　横浜詩誌交流会「誌のぱれっと社」
著　　書　詩集『ベンヤミンの黒鞄』

不思議人はAI《エイアイ》

黒羽英二

テレビ画面溢れんばかりに
襞いっぱいの白いロングドレス姿のひばりが歌う
「ひとり酒場で飲む酒は　別れ涙の味がする」
顔の強張りは込み上げる悲しみに耐えながら歌うからか

—いかがでしたか御覧になって?
—そっくりそのままひばりちゃん
—死んだなんてウソ
—生き返ったひばりちゃん

「でも何だか……」
「死んだ人が生き返ったみたいで……」
「ちょっと怖い」
「ぞくぞくするのはそっくりのところ」

自分を恐がる人はいない
みんな自分が好きで

時々自分が嫌いになるけれど
またすぐ自分が好きになって

だから他人は嫌いなんだけど
でも時々自分よりも他人が好きになることがあって
それが異性だったりするから
ことは面倒になることもあるんだ

チンパンジーの雌は好きな雄が現れると
自分の子を殺して新しい雄と一緒になると聞いたけど
ヒトだって自分の生んだ子を新しい男と殺すんだから同じ
ボノボとかゴリラとかヒトとよく似た生き方観ていて

ＡＩが一番似てるんだと教えられて調べて行くと
智力も腕力もすでにヒトを遥かに越えていると教えられ
判断力を獲得すればヒトを遥かに凌駕する存在になり
ヒトの命運を握るのはＡＩになるのは明らか

もはやすべては帰らず　後へは戻れない
ひとはＡＩを生み　ＡＩはひとを生まない

くろは　えいじ
所属詩誌　「詩霊《しれい》」
著　　書　詩集『須臾の間に』『移ろい』

天窓

桑原広弥

お前はそこにいた
朽ちかけた柴部屋の天井の梁から
小枝ほどのか細い足に身を任せて
お前は静かに揺れていた

お前は時折またたいていた
天からの贈り物のように
およそ禽獣にはほど遠い
まったき無垢の眼で
お前はじっと見おろしていた

漆喰のはがれた土壁に
薪が整然と積まれている
一途に生きて働いた人の
無欲の時間が重なり合う
父が柿の枝を切り
祖父が束ねた薪で

桑原広弥

母は家族の飯を炊いた
結んだ縄の固さは
遠い約束のようだ
コウモリよ　お前は
それを知っているに違いない

ふた夏が過ぎ　薪は
ふたりの形見となった
へっついさんから白い煙が消え
母ひとりの生活が始まった
がらんとした百姓家で
母は　微笑みを忘れ
見上げることを忘れていた

夏の終わりの午後
小さな発見に母は驚きの声をあげた
天窓のひび割れた硝子板を通して
柔らかい光がコウモリを濡らしていた
「お前さん、いつからそこにおったんな」
娘のように母が笑った

くわばら　ひろや
所属詩誌　「すばる」（紀南詩を愛する会）
著　　書　詩集『半島』『ことの葉・ことの花』

お義母《かあ》さん

高　裕香

お義父《とう》さんを亡くして5年
一人暮らしのお義母さん
今は、アルツハイマー型認知症。

月日も季節も場所も
抜け落ちたように忘れ
自分の名前しかわからない。

本名があること。
在日であること。
すべて忘れて日本名しか言えない。

亡くなった兄弟が生きていたり、
夫がいたことも、
お墓に入っていることも知らない。

毎日、二人の孫の名を呼び

「今日は来るのか？」
「何をしているのか？」と繰り返す。

時々、私が介護に行くと
「大変ね！　大変ね！」と言い
「ありがとう。また来てね。」と笑う。

加齢と孤独の果てなのか？
今は、長男を夫と思い
彼の愛の中で生きている。

こう　ゆうか
所属詩誌　「風狂の会」「無名の会」「時調の会」
著　　書　詩集『心のアルバム　時調三行詩』『三行詩在日詩集　赤い月』

梅雨

香野広一

数日前から雨が
音もなく降り続いている
止めることを知らない雲は
幾重にも積み重なって
移動することさえ　忘れている

ぼくはかび臭い部屋に
閉じ籠ったまま
外の様子を窺っている
こわれてしまった空から
雨が漏れだしてきて
ぼくの心の隅々まで
水に浸っている

陽射しのない日が何日も続いていて
外出することも出来ずに
天空を覗き込んでいる
湿った部屋から脱出しようと

急き立ててはいるが
心の淵に　無数の
かびが繫茂してしまって
ため息だけが飛び出している

ナメクジがどこから侵入したのか
家のいたる所で
這いずり回っている
銀色の道しるべを示しながら
ぼくの未来を遮断している

ナメクジの細い両目を伸縮させて
周辺をうかがっている
柔軟な粘液をまき散らしながら
自由自在に行動をしている
ぼくは軟弱な人間にならないように　常に
気を引き締めている

こうの　ひろいち
所属詩誌　「漪」
著　　書　詩集『沢蟹』『残像』

春に溺れる

牛島富美二

こんなにも桜も白木蓮も
広げに広げて自らを晒し
蒼空にも小鳥らにも存分に侵されながら
そのうえ風に強請《ゆす》られてもいる
そして私にも揺すられる
時は如月《きさらぎ》望月《もちづき》の頃

折しも
ブラックホールを見つけたというニュース
光さえ逃れられない
太陽の六十五億倍の質量という
質量って何のことか分からないけれど
５０００万光年離れた乙女座の中心にあるらしい
星座は乙女座だけではなく
88もあるというのだが…
と読んでも理解が追いつかない
人智は距離にすればどれほどなのか

一光年に達したろうか
宇宙ってどうなってるのか知りたくもないが
乙女座には
桜が似合いそう
と語る私の人智は
1メートルくらいか

花びらしか見当たらない
葉を隠した桜の化粧振る舞い
してみると桜たちはみな雌株
艶《あで》やかな枝々は
なるほど撓垂れるわけだ
ブラックホールなどどうでもいい
あと五十億年の
この星生命のなかで
たった百年なんだから
桜も白木蓮も私も一つ
春は巡り来ると信じよう

――鶯や姿身近に菜を摘む――

ごとう　ふみじ
所属詩誌　「仙台文学」「ＰＯ」
著　　書　詩集『いすかのはし』『潮騒の響きのように』

ことばと夢見ることについて　――――　こまつかん

大切な人と
都会のレストランで会うときに
里山の古民家カフェで話すときに
ふるさとの芝居に出掛けるときに

ぼくは
普段着でいよう
よそゆきや晴れ着は持ち合わせていないから
ありのままで

ぼくの
普段着は　時々重たいときがあり
暮らしは平凡でと思う
飄々としているね　と呼ばれてもみたい

ぼくが
あなたと一緒にいるとき

日記帳が静かに開く
閉じ込められていた罫線が深い呼吸を始める

目ざめよ
時　じかん
立ち上がれ
火　ほのお

ひるま
あなたの
ことばが
肌に　じかに　触れた

おだやか
やすらぎ
うるおい
目には　見えない　真綿……

寝室に　ひとつの書きものを置いていったよ
夜更け　ドリーマー（夢見者）がこっそりと

こまつ　かん
所属詩誌　「あうん」
著　　書　詩集『見上げない人々』『刹那から連関する未来へ』

塔の上

佐伯圭子

あの日　塔のてっぺんに昇った
足もとは濃い霧がかかって懐かしい街が霞んで見えた
もう共に居て温かいものを口に運ぶことは無いが
夕空に煌めき始めた星を一つ二つと数えてみることは出来る

目の前に塔の高みが見えたから
昇って行こうとする意志が働いた

空に向かって昇っていくことは
空の底へ落ちていくこと

もう暗い螺旋階段を昇ることも無い
立ちつくす塔の上まで来たのだから

ちりぢりになることは　軽くなること
宇宙の粒子になること

風だろうか　わたしをここへ運び
塔の上に押し上げたのは

押し上げられながら　汗して歩いた道のさまざまの
匂いが立ち昇って来るのを知る　足もとまで

街の騒めきの隙間　少女らの声が
まだ整わないままふくらんでいる

激しく揺れた街まちが　失ったものを抱えたまま
光りながら放射状に　拡がっていく

さえき　けいこ
所属詩誌　「*Messier*」
著　　書　詩集『空ものがたり』『繭玉の中で息をつめて』

芸術の森

榊　次郎

真夏の太陽に焼かれながら二度目の訪問
ゴテゴテとした彫刻で飾られたファザードを潜ると
一瞬　外とは違う空気に包まれる

足元の太い柱から
目線は天井を支える枝へ注がれ
誰もがあんぐりと口を開けながら見上げている

視線を左右に移すと
七色のステンドグラスの光が降り注いでくる
ここはまるでコンクリートの森だ

信仰心の無いわたしには
無縁の場所であったはずなのに
誰かに誘われるように来てしまった

未完の塔と言われ続けて百三十五年

ひとりの男の途方もない願望を受け継ぎ
増殖する塔はあと六年で完成するという
「希望の門」「信仰の門」「慈悲の門」
それらブロンズの扉に設えた
名も知らない雑草や花　蝶　てんとう虫
ヤモリ　蛇　カマキリ　蛙たちが迎えてくれる
祈りの場所でありながら
この世の生き物たちで溢れている

「イエスの塔」の完成で
世界一高い教会になるらしい　だが
わたしには聖者の物語の建物とは思えない

ここは贖罪を告解する処ではなく
境目のない全てを包み込む
時空を超えた大自然を取り戻す処
「その為におまえは何ができるか」と問われる処

あの建築家のように
果てしない夢を叶える
まさしくここは芸術の森だ

さかき　じろう
所属詩誌　「詩人会議」「軸」
著　　書　詩集『未完・愛のメッセージ』『新しい記憶の場所へ』

遡上

嵯峨京子

白樺の防雪林のつづく道を
車はひたすら走る
水平線に日が沈む辺り
娘の嫁いだ海辺の町が
これからあなたが暮らす町です

貫気別川《ぬきべつがわ》の河口のこの町に
鮭が遡上してくるのを知っていますか
貫気別川で生まれた鮭のこどもたちは
春になると降海して長い旅にでます
夏から秋
水温が下がるとオホーツク海から
北太平洋に移動して冬を越します
越冬後はアリューシャン列島から
ベーリング海を餌場にして成長しながら
冬にはアラスカ湾へと
回遊の生活を繰り返すのです

そして
海で成長した鮭は
生まれた川の匂いを頼りに
産卵のため母なる川へ帰ってくるのです

来年の秋
こころに降り積もった雪も溶けるころ
鮭がやってきます
傷だらけになりながら
ただ命のリレーを果たすため
上流をめざし上る鮭を
お姑《かあ》さん　あなたに
見てほしいのです

さが　きょうこ
所属詩誌　「RIVIÈRE」「瑠璃坏」
著　　書　詩集『花がたり』『映像の馬』

父と蛇の目傘の女

さがらたけお

最初にその女と出会ったのは
父が　小学四年生の時だった
女は　父に出会うために
父が通う小学校へ来た
校長室で　その女と会った　美しい女だった
女が父を生んだことを
その時　知った
生まれて七か月目で　別離したことも

生母《はは》を
教室の窓から　見送った
雨に濡れ　色　彩やに咲く
アジサイの花
蛇の目傘を差した後姿の生母《はは》を
いつまでも　見送った

生母《はは》が会いに来た　再び

父は教室から逃げ出した
裸足のままで　涙を流しながら
生母《はは》に会ったことを
祖母に話したのだ
祖母は激しい口調で言った
「あの女はアカだ　二度と会うな」　と

三度目は静岡駅のプラットホームだった
二十歳の水兵になっていた　父
上官の計らいで　会うことが　出来た
発車のベルが鳴るまで　二人とも
無言のままだった
生母《はは》の瞼から
ひとすじの涙が流れていた

そして一週間後
父は南方へ出征した

さがら　たけお
所属詩誌　「詩林」
著　　書　詩集『父と母』『こぶし』

小さなすぐりの唄

佐倉圭史

幼いすぐりはだっこ虫
パパとママのだっこ虫
昨日は独りで歩いて来たから
今日はしっかりだっこっこ

高い高いと持ち上げられたら
遠くの光が見えて来た
明日は独りで歩いて行くから
今日はしっかりだっこっこ

歩き始めたすぐりちゃん
お家に帰ると夢を見た
いつかみんなで歩いて行くから
みんなみんなが友達だから
今宵もしっかりだっこっこ
命の夜明けがやって来る

さくら　よしふみ
所属詩誌　「WORLD POETRY ALMANAC」
著　　書　詩集『リキダイジング』『ラファアクタ』

グラス

左子真由美

その形が
うつくしいのは
かろうじて
薄い一枚の仕切りにより
なかにたたえられた液体を
しっかりと
抱き留めているからである
倒れることなく
壊れることなく
まして
役目を捨て去ることなど
決してなく
液体の重みを
支えているからである
いつの日か
壊れて
粉々になるとしても

左子真由美

みずからの
ほろびのなかで
ひとつの任務を
なし遂げようとする
その決意の固さは
液体を守ろうとする意志である

限りなくやわらかいものに
触れた
かの日より

さこ　まゆみ
所属詩誌　「ＰＯ」「イリヤ」
著　　書　詩集『omokage』『RINKAKU（輪郭）』

案内《おづげぇ》

佐藤春子

じゃあ
お先日《せんにち》はごっつおうさまでしたじぇ
あの節はごねんさまくなして
何ともありがとう申しましたじぇ

そでなむし
おれ家《ぇ》でぇ
小《ち》やっけな娘っこけるごどにしましたもや
お互《だげ》ぇ忘れねぇように
娘の生まれだ日に酒《さげ》立《た》でしましたもや

あだぁ　ご祝儀はぁ
ご亭《で》主様《さま》の生まれだ日にしましたもや
式《しぎ》はぁ　家《ぇ》なだりの神社で
神《しん》人《と》様《さま》頼んであげるごどにしました
その通りな支度だども

みんな気つかねで来てくなんせや
　やぁや
　ご念の案内《おづげぇ》
　何ともありがとう申します
今年のご亭主《で》様《さま》の生まれだ日
仏滅に当《あ》だってだども
この日にするど　ご亭主《で》様《さま》決めましたじぇ

＊そでなむし＝それでね

さとう　はるこ
著　　書　詩集『ケヤキと並んで』・詩文集『大河の岸の大木』（共著）

詩の生まれる場所

佐藤　裕

薬を飲んだ後の　朦朧とした意識のなかで
歪んだ　時間と空間が
目の前に浮かぶ
重量を喪失して　疾走する車
抱擁する　初老の男と女
洪水が家を飲み込み
ジェットコースターが　夜の海に飛び込んでいく

煤けた青い湖が現れる
円い光の塊が
湖面に射し込む
内側の　黒い藻が
感情のようにもつれあい
じめじめとした　心の襞に
幾重にも　幾重にも
覆いかぶさってくる

死んだ祖母に手をひかれ
畑のなかの細い道を歩いている
時々　死んだ祖父の広い背中に顔を埋めて
母胎のような　暗闇に入っていく

熱い塊のような　悔恨が
出口を求めて　さ迷っている
雪の連山から
赤児の瑞々しい感受性が　滑り落ちる

誰もが抱く肥沃な日常の大地
遠く響く海嘯《かいしょう》　砂煙が舞い上がり
乾いた幾つもの視線が　地平のかなたから　私を　見つめる
流動する怒りや悲しみ　沸き上がる喜びや楽しさ
どうしようもない過去の負債

生活に必要な言葉　他者の目はそぎ落とす
感情が躍る言葉は無視をする
否定の感情も肯定の感情も遠ざける
皮を剥ぎ取った背骨　それが林立する大きな砂丘が
わたしの原風景　詩の生まれる場所

さとう　ゆう
所属詩誌　「頌《オード》」「ハマ文藝」
著　　書　詩集『一九九九年　秋』『位置の喪失』

好物

更北四郎

猛暑日と熱帯夜が
切れ目なく続けば
人皆があえぐ夏に
百歳翁は息も荒く
食事も喉を通らず
暑さ寒さの感覚は
すでに大きく狂い
往生の時よ来たれ
との思いがつよく
いっそ逝くがいい
いい機会じゃあないか

だが夏の暑さを幾度も
乗り切ってきた老爺は
しぶとくこの夏を過ぎ
またひとつ歳を重ねる
下痢と便秘とを交互に

極端に繰り返しながら
死ぬ気配はまだ見えぬ
食だって衰えを見せぬ
時折は下《しも》を便に汚して
早く死んだほうがいい
と語調強く嘆きはする

迎えよ早く来んかいな
聞く仏はあるまい
縊《くび》り殺すも出来ず
命の限りも知れず
自らは断てはせず
老爺は一日を生き
一日は一日に続き
生き永らえる者は
好物に箸を伸ばす
霜降肉も平らげる
下痢など恐るに足らず

さらきた　しろう
著　　書　詩集『花譜』『春 ― 御歳六十九歳のわが誕生日』

シベリア鉄道の列車にゆられて

塩田禎子

イルクーツク駅を出発した列車は
鍵の付いた二段ベッドの四人部屋
出会ったばかりの旅好きな四人は
お茶を飲み　お菓子をつまみながら
白樺の森やバイカル湖岸の景色を味わっている

ウラジオストクからモスクワまで
走り続けても一週間かかるシベリア鉄道
世界で一番長い九二五八キロを走る
昨夜　ホテルのレストランで
一三日かけてハードな旅を続ける
日本の旅行者と顔を合わせた
疲れているのか無口だった人たち

明治四五年　与謝野晶子は
ウラジオストクから初めての長い旅を続けた
半年前パリに向かった夫　鉄幹に逢うために

三四歳の晶子の想いの言葉が残されている
燃ゆる我が火を抱きながら
夫がかけり行く　西へ行く
巴里の君へ逢いに行く
情熱が列車を動かしているかのように

むかし　帝政ロシアの時代
シベリアは極東の果て
政治犯が送られた流刑地でもあった
この地に追われた大勢の知識人や学生たち
そのなかにドストエフスキーもいた
イルクーツクはそうした人によって創られた都市

シベリアの新しい空気に触れながら
半日の短い時間　憧れの列車にゆられている

＊ウラジオストクの極東大学の前庭にある歌碑の終わりの部分

しおだ　ていこ
所属詩誌　「豆の木」「埼玉詩人会」
著　　書　詩集『花と語る』『はるかなジョムソン街道』

光る傷跡

志田静枝

夏がきて暑い日々が巡って来るたびに
コゾネツヨシ君　あなたを想う
あなたに初めて会った秋の日は
長崎県瀬川小学校の五年生
運動場だった
丸坊主の頭に無数の傷を乗せていて
傷跡は光っていた　驚く私に
原爆に遭ったんだ
ツヨシ君は言った
この子校長先生ん家の子なんだ
彼の友　ウチヤマ君は言った
その傷の多さに私は衝撃を受け声を飲んだ

運動場から離れられなくて
みんな教室へ帰ったのに　私だけ一人
いつまでも鉄棒にぶら下がった
なぜか涙が出てきた　力を振り絞って

鉄棒で逆上がりをして失敗した
細い腕に力が入らない　何回やっても…
私の側にウチヤマ君が走って来て言った
帰り一緒に行こう　家どっから来てると…
小群村よ　じゃあ途中まで行こうね…
ツヨシも行くから　「うん…」私は頷いた
あんた横瀬村よね　途中分れ道があるとよ
ゆっくり行っとくけんね…

ヨウコちゃんと二人で帰る私に追い付いた
ツヨシ君とウチヤマ君　焼き場の前だった
四人は道端のススキの花穂を夢中でちぎり
男の子と初めて歩いた学校の帰り道
たった一度の通学時の想い出は
今も私の胸の写真機に五年生のままで写る
もうすぐ七十三歳になる同窓生の私達ですもの
月日が過ぎてあなたの顔は思い出せない
けれど　ウチヤマ君は健在で居るかしら
会えることはないと思うけれど　いつの日か
黄泉の国で会えるなら　それもいいね…

しだ　しずえ
所属詩誌　「秋桜・コスモス文芸」「文芸ぱさーじゅ」
著　　書　詩集『踊り子の花たち』『夢のあとさき』

拝む

渋谷　聡

毎日の務め
ライターで蝋燭に火をつけ
線香を立てる
「南無釈迦牟尼仏、南無釈迦牟尼仏、南無釈迦牟尼仏」
だけでよいのだが
どうしても懇願してしまう
一昨年六月に逝った父に
（父さん助けでけ）
息子たちのことを
娘のことを
住んでいる東京は怖い

老人ホームに居る八十九歳になる母は
月に一度帰宅する
仏壇の前で拝む
リウマチの手でマッチに火をつける
（父さん助けでけ）

孫たちのことを
畑のことを
家のことを

あの世に届いておくれ
この願い

しぶたに　さとし
著　　書　詩集『おとうもな』『さとの村にも春来たりなば』

空耳

島田奈都子

日常に埋もれがちな
そんな音だったのだ
肉球をやわらかに　やさしく
楚々と歩く
老いた猫の　のこした記憶の底に
たしかな音というのが無い
猫が亡くなって暫くは
ささいな幻聴も
嬉しいらしい
くびわの　鈴の音色とか
突起のある舌先で跳ねる飲み水の音
しかし　私の脳裏になにひとつ
老猫は　音を刻まずに去った

さいごの日　愚かにも
シッポの先端を踏んだがさつな私に
力なく鳴いた　あの声だけ

島田奈都子

その　愛らしい囁きが消えぬよう
あらゆる雑音を閉め出して
暮らそうとした
思い出そうとしても　いつしか
其れは　あるかないかの
微かな空耳となって
心の底の底へと落ちてゆく
こどもが飽きずに放《ほう》る小石が
何度でも水中に深く沈むように

深閑とした　四十九日の冬の朝
ふと
湯沸かし器の轟音のあいまに
かわいた老猫の声が
確かに響いた
まいにち少しずつ　声を聞きながら
私の耳はやっと
雑音の中でも　空耳を
聞きわけられるように　なった

しまだ　なつこ
著書　詩集『恥部』『からだの夕暮れ』

いつのまにか雨が

下前幸一

二月の早朝
闇の寝床にふと目覚め
わずかに時が身じろぎをする

細かな刻みが
私の意識を呼んでいた
いつかの遠い雨音が

まだ明け切らぬ記憶の淵に
見えない雨音が降っていた

私は闇にたゆたい
言葉の殻に触れていた

意味の抜け落ちた
言葉の殻
ただ形であり音であるもの

体感零度の触覚

交わりのない交感

自称する言葉は
私の直前で立ち止まり
ただうなずきを求めた

言葉が語りうるのは
一瞬の沈黙と
細かな刻みを走る光の意思

二月の早朝、私は
時が湧き出る泉に立っていた

遠い雨音を背後にして
言葉が沈黙と交わす
充放電のスパーク

希望とは
摩擦のようであり

仄かに揺らぐともしびは
明け方の雨に震えて

しもまえ　こういち
所属詩誌　「ＰＯ」
著　　書　詩集『二〇一二年の仮歩道から』

ショウジョウバエと万華鏡

白井ひかる

ルビー色の眼を持つ彼は
今まさに飛び立とうとしていた
ガラス瓶の蓋が開けられ
閉ざされた空間から
解き放たれる瞬間だ

昔
覗くものといえば万華鏡しかなかった時代
少年はやがて科学者となり
筒の中の煌びやかな光のオブジェに替えて
顕微鏡を熱心に覗きこむ
体調3ミリほどのありふれた蠅
酒好きで赤ら顔　古典書物に記された妖怪猩々《しょうじょう》に因んで
ショウジョウバエと名付けられた

小さな細胞を覗いてみると
丸い核の中に紐のようなものが見える

染色体と呼ばれるこの紐の中に
親からもらった真紅のルビーが
　確かに埋め込まれていたのだ

彼は力の限り飛翔する
羽化したばかりの2枚の羽
光を浴びて虹色に輝き始めたその時だった
捉えられ　擦り潰され　観察される

電子顕微鏡は映し出す
螺旋状に美しく抱きあう2本の鎖を
父と母から1本ずつ譲り受けたその鎖は
たとえほどかれ　切り離されても
自らが鋳型となり
元通りの姿に何度でも蘇る
太古からの記憶が消え去ることはない

万華鏡を覗けば
ルビー色が現れる

＊タイトルはオードリー・ヘップバーン主演映画「尼僧物語」の1場面より

しらい　ひかる
所属詩誌　「ＰＯ」
著　　書　詩集『キスがスキ』

母はもういないんだ

杉野紳江

母のデイ・サービスの送り出しの準備をしなくては
——アッ　そうだ　母はもういないんだ
看護師さんが母の排便チェックに来る日だ
——アッ　そうだ　母はもういないんだ
母を美容院に連れて行かなくては
——アッ　そうだ　母はもういないんだ
母を毎週　連れて行った喫茶店で
一人　レモンティーを飲む

梅雨寒し亡き母好みしレモンティー

杉野紳江

すぎの　のぶえ
所属詩誌　「衣」「坂道」「ひるま会」
著　　書　詩集『古本屋の女房』『母の旅立ち』

縄文の子守うた

洲浜昌三

どこからともなく
物悲しいうたが流れてきて
ゆったりしたメロディに浸っていた

しょうが　ねえたぁ　なぁかいに
たいちょう　ついて　さぁまして
しょうに　しょうに　くわそうぞ

祖父・リキタの子守うただ！　と思った瞬間
朝の薄明かりが射してきて　目が覚めた
何十年も過ぎて　なぜ祖父のうたが蘇ってきたのか

遠い山の頂に降った雪が
何百年もの時代が過ぎ去った朝
庭土の隙間から滲み出てきたかのように

祖父は　江戸末期　慶応元年の生まれ
字も読めず　百姓一筋　七八まで生きたという

ぼくは三歳　顔も声も記憶にはない

　昌が　寝ている　間に
　餅を　ついて　冷まして
　昌に　昌に　食べさせてやるよ

餅《もち》は　正月と祝いの時だけしか搗《つ》かない贅沢品
しかし「たいちょう」とは本当に「餅」なのか
誰に聞いても知らないし　辞書にもない

都から流れてきて　村の片隅で生き残っていたのか
万葉以前　庶民が口にしていた七五調の節なのか
リキタ・作詞作曲　即興オリジナルだったのか

深い闇の底から滲み出てきた祖父の子守うた
春浅い新緑の朝まだき　一人ベッドの上で
目を閉じ聴いている

　しょうが　ねぇたぁ　なぁかいに
　たいちょう　ついて　さぁまして
　しょうに　しょうに　くわそうぞ

すはま　しょうぞう
所属詩誌　「石見詩人」
著　　書　詩集『ひばりよ 大地で休め』『春の残像』

卑弥呼の風

田井千尋

花馨る光雲に万物は萌え笑ひ
風神は龍まねき青稲を育む
錦綉を粧《よそ》ふ山に命の実成り
真綿《まわた》の大地は人智を与えらむ

四季を綾織る媛神《ひめかみ》は
ヒマラヤ山脈から翔《はばた》き舞ひ春夏秋冬を諷《うた》ふ
八百万の神々に護られし吾が祖の島国は緑と為す

吾が子　戚《せき》ある者・・
枝分かれしつつも卑弥呼の血の繋がりし者ぞ・・
吾が骸《むくろ》の上に八百万の神々を配した墳丘《ふんきゅう》を築き上げよ・・

海から蛮族が攻めし時は吾が魂をもって睨みきかそう・・
はたまた佳き客が訪れし時は四季の媛神が饗《もてな》しせむ

過ぎ去りし世は遥か彼方にあらん
今も卑弥呼の風が伝え繋いでいる
古墳と共に生きている百舌鳥と古市の街でも・・

雨あがり
金木犀かおる風そよぐ茶は胡蜂《こほう》を蜜粉《みっぷん》で饗し
柿が赤黄となる時に新しい御世を宣明す
日いづる吾が天子　「紀見峠より・・」

ここ素戔嗚尊《すさのおのみこと》の坐《ま》す三石山《みついしやま》からも
卑弥呼の言の葉が風にそよいでいる

田圃の稲穂が黄金色に光り輝く時
この年の奉公を終えた龍は白龍となり
凡《あら》ゆるものを震わせながら天に登りゆく

野分け生命の水を遣《やり》し後の
曙光《あけぼののひかり》で三石山に七色の虹が架かり
三度も現れては消えてゆく天と地を繋ぐ天の浮き橋

＊胡蜂の胡は「大きい」と「寿」の意味をもつ

たい　ちひろ
著　　書　詩集『綾羅錦綉』

反復

髙野信也

死ぬしかない家族　よそよそしい社会
手を差し出したのは高利貸し　ＡＶ業者

知らないふりをしていたが
あれは　いつのことだったのか

知らないふりをしていたが
シニカタだけ考える日々
死ぬこと以外も　できたのだろうに
深い谷が血縁をひき千切る

偽りの平安を匂わせて
企み出したのは高利貸し　ＡＶ業者
けちけちするな　体を売らせろ
どうせスグニ慣れるから

知らないふりをしていたが

企み出したのはロシア人
中国軍からまもってやるから娘を差し出せ
深い闇が血縁を粉砕する
あれは　いつのことだったのか

黙り泣きはらした顔が責めるから
眼を閉じて母は娘の体を洗い
父は娘を地獄へ運ぶ
終戦に　企み出したのはロシア人
噂話が聞こえたなら　60年　さらに沈黙に沈む

この国では　もうあたりまえのこと
飢えた若者　手を貸したのは高利貸し　ＡＶ業者
文明社会はますます　騒がしく無口になる
知らないふりをしていたのが　私
今日も　十三歩進んで　教壇に上る

たかの　のぶや
所属詩誌　「ＰＯ」
著　　書　詩集『カナシムタメノケモノ』『NEVER ALONE』ほか

風のラブソング
＝ガイコツのうた

高丸もと子

骨を鳴らして
響き具合を調節してさ
切ないときはガイコツのうた

風が傷口通っていけば
笙の笛
風のうたもきいてやる

おいらはガイコツ
嘘はつけない
隠すところもないからさ

嵐がおいらを壊していけば
骨を拾って組み直す
心の置き場所　笑えるぜ
笑っていても

高丸もと子

泣いていても
同じ顔

おいらはガイコツ
あの娘もガイコツ
逢いたいぜ
変わらず
今も　今後も　たぶん
愛してる

冷たかろう
あの娘の骨をぬくめてやりたい
寂しかろう
あの娘の骨を抱いてやりたい

おいらガイコツ
星になって　うたうのさ
風になって　うたうのさ

たかまる　もとこ
所属詩誌　「ＰＯ」
著　　書　詩集『今日からはじまる』『三センチありがとう』

高畑への道

武西良和

土砂崩れで通行止めとなった道の脇を通り
子ども時代を過ごした家へと歩く

落ち葉を踏みしめ
霞む空き家を遠くに眺めながら
ぼくはいつしか子どもの足で石ころを蹴り
時にはそれを手にとって眺めてみる
しばらく踏み入れていなかった道は
暴風雨の後の落ち葉や枯れ枝であふれている
ドングリの実もあちこちに転がっている

増水した川の水音が大きく響き渡り
辺りの景色を揺さぶっている
鳥の鳴き声はまばらで
耕作されなくなった田に秋の草が花開いていた
木の枝を飛び移る鳥の姿がチラッと見えたが

すぐに林の中へと消えた
このまま行けばぼくは母の
胎内へと入っていく気がする
川の源流へとさかのぼるように

あちこちで台風の被害が目に付くなか
家の畑だけはその輪郭を崩すことなく
でんと座って微動だにしていなかった

生い茂った畑の草を取り除いて耕し
ソラマメの種を蒔き
タマネギの苗も植え付けないと
…………

つぎつぎと畑に予定があふれてくる

草刈りを終えたあと畑に鍬を持って入る
土はふくよかな感触を鍬に伝え
ぼくはそれを鍬から受け継ぐ
その伝わり方に父や母が長い間世話し続けてきた
畑の歴史のまたたきを感じる

たけにし　よしかず
所属詩誌　「ぽとり」「ここから」
著　　書　詩集『鍬に錆』『遠い山の呼び声』

ユウレイがいる

田島廣子

懐中電灯をたよりに　クネクネ道や
蜘蛛の巣のはった　薄暗い廊下の隅を通り
寝息の聴こえる病室に行く

手を伸ばしてくる　白い手
靴の音だけが　コツコツ　ついてくる
シトシト　泣くように聴こえる　雨の音

猫の目が光って動いている
——寝よう　ベッドに早く寝よう
赤児の声で　オギャオギャ　と泣く病人《ひと》

カラスは花をくわえて　病室をまわる
——死にそうになったら　言っておくれ
——皆《みんな》に知らせるからね　カア　カア……

コウモリは羽を広げて乱れ飛ぶ

田島廣子

ワインを妻と飲みながら　死にゆく
愛する人とタバコをふかしながら　死にゆく
卒業証書を枕元に置いて　死にゆく少女

母さん　母さんと泣きながら　死にゆく
瞼を閉じても　目を開けたまま……
グサッと　ストレッチャーから落ちる音

桜の花びらのように
春風に乗って　舞いながら
どこか　遠くに行ってしまう霊魂《ユウレイ》

ナースコールが鳴る　行ってもだれもいない

たじま　ひろこ
所属詩誌　「ＰＯ」「軸」
著　　書　詩集『くらしと命』『時間と私』

大島 ―ハンセン病を見つめて―

TAMAKO

青い松に宿る
風の言葉の道案内

坂道の向こうに
かつて　海に捨てられ
ひび割れた石の解剖台が横たわる

白い貝殻が花のように埋もれ
奪われてなおも　傷つけられた命を
弔っているかのように

よりそえば　止むことのない
波の音が問うてくる

九十年の歴史から
解き放たれた魂は
故郷に帰れたか

＊瀬戸内海に浮かぶ大島（香川県高松市）では、かつて建造物の中に「死体解剖室」があり療養所に来て最初に解剖の承諾書（解剖願）への署名が求められた。

たまこ
所属詩誌　「軸」

風溜まり

張　華

宇宙から見下ろす地球には
風の通り道がある蛇行しながら
くねくねと風は気紛れ通り過ぎ
いくつかの風の集まるその場所には
さまざまの風が集まって
うわさ話をそれぞれに
コップ片手にわいわいと
風はぶつかりながらうわさ話
それぞれに大きな声で話してる
小さな声では聞こえない
昨日ちがう所で聞いた話
かよわい風が消えている
強突く張りのあの風に
食い尽くされて消え去った
良い話だといえるのかと
囁くような風の一人ごと
ある所で抱き合って

張　華

二つの風が一つの風になり
いつのまにかかくれんぼ
うわさ話に巻き込まれ
殺してやると怒なり合う
悪意を持った風達の
殴り合うごうごうと
激しい怒りの戦場で
派手に化粧をした
うずまく風のその中に
やさしい温もりもあるだろう
うわさ話を引き摺って
風はそれぞれ旅立った
又いつの日か会おうかと
風の集まるその場所に
さまざまな風がひとしきり
ゴーと吠えて去って行く
いくつかある風の宿泊所
僕は点々と
小さな風になって辿っている
どんなうわさ話でも聞きもらさないように

ちょう　か
所属詩誌　「現代詩神戸研究会」「プラタナス」
著　　書　詩集『母の姿』

生きている

寺西宏之

狭苦しい水槽の中でひしめきあいながら
泳いでいる七尾のメタボの金魚

孫が夜店の金魚すくいで掬ってきた
小指の先ほどの小さな緋ブナ
いつの間にか手のひらからはみ出すほどに
面倒を見ていたのは初めだけ
あとはいつの間にか　わたしの役目

近づくと一斉にパクパク口を開けて寄ってくる
指を近づけると吸い付いてくるものも
コツンと頭を小突いても平気
そんな奴ほど愛おしい

金魚は知らずに生きているが
おまえの命は俺が握っているのだと
ニヒルに呟いてみる

餌の与え過ぎかと少し控え目にしてきたが
卵を孕んでいるかのように
ますます太ってきた

或る日　気がついた
水槽の水が綺麗になっている
暫らく寒かったから水替えを横着していたのに

メタボのわけも分かった
孫が来てエサを与えていたのだ

自分がいなくても
誰かが命を繋ぎとめている

ふと思った
果たして人の命　自分の命
誰かに握られているのでは…と
胸恐ろしいことを

てらにし　ひろし
所属詩誌　「樹音」
著　　書　詩と書のコラボ『詩のスケッチ』

懺悔

斗沢テルオ

かあさん
あのお金を盗ったのは僕です
この四十八年
あなたの前に立つたび煩悶してきました
廃屋となった実家にあの箪笥
そのまま残っています
あのとき懸命に手を伸ばした最上段の引き出しは
今　僕の目の高さです

背中に　冬の汗がぬるりとへばりつき
時間だけが　一瞬止まっていたような――
怪訝な店主の前で
級友たちにグリコを奢った俺の心は
優越と罪悪を甘い唾液でごちゃ混ぜにし
抹消しようと何度も噛み続けたが
消えず――とうとう四十八年間消えず――

少ない生活保護費からの千円札一枚
分かっていたはずなのに
問い詰めは一度きりで　演技の未熟な俺は
炬燵の中にすっぽり心まで押し込み
涙の温もりも未だ消えず——

孝行息子を演ずることで
懺悔の心だけは失うまいと
自分に言い訳もしてきた
ようやく決意できたというに
すでに息子の名前は忘れてしまっていた
もしや待っていたか
過去が消え始める頃を
——卑怯者の息子——

あのときの引き出し
あのときのように手を伸ばしてみると
積り積もった埃が懺悔の心を
覆い隠していた

とざわ　てるお
所属詩誌　「ＰＯ」「詩人会議」
著　　書　詩集『がさつなれど我が母なり』『決意の朝』

柏崎*

中尾彰秀

届いたのだ
山に向かって大クシャミしたとたん
光の立髪なびかせ
トタン屋根の遙か彼方
銀河より四両の特急
開発し過ぎの関西と大いに違う
山と私の密約は宇宙一体にして

ないがゆえのゆたかさこころのむげんいとうるわしく

二日目の帰路
やっと明るく旅になった

来た事のない昔ながらの風景は
呼吸の味めっぽう濃いまま
哀愁の衣三重にはおった風メビウスに舞う
初対面なのに悩み打ち明ける青年

これからきき酒試験
人間が作るのじゃない
自然がつくる風土がつくる魚に等しく
私のゴタくはどう響いたか知らねども

ああ　もうどうしょうもなく
懐しい風景よ
魂の永遠生命の永遠
お前は一片たりとも
原発のごとき偽りを持って
この世にやって来たのではない
何百回の転生も受けて立つぜ

＊新潟駅より特急で一時間半の街

なかお　あきひで
所属詩誌　「森羅通信」
著　　書　詩集『五行聖地』『万樹奏』

I

信号

中西　衛

頭上に金星が瞬く
線路の前方
清々と輝く信号

青緑色　黄　赤
瞬時に読み取る
乗務員

対向車戦慄
行き違い
渡る鉄橋の轟音

吠える　遠く　近く
それぞれの帰路へ
冴え冴えと

星座を語り部とし
安息の闇へ
寂

Ⅱ

人体を動かしているものの一つ
意識するか　しないかは別として
ある信号によって
規則正しく心臓に点火される
人間ポンプの動向は
脈拍によってつたえられる
普通人の脈拍は一分間に約六十回
一時間三千六百回
一日八万六千四百回・・・・・
規則正しく点火信号をおくる
身体の仕組みは
じつは甲状腺ホルモンなのだ
わたしの脈拍は
一分間三十回以下
甲状腺ホルモン機能低下を
電池が人生の残りを補ってくれている
わたしは片端者
自然に生きているものの不思議

なかにし　まもる
所属詩誌　「ＰＯ」　現代京都詩話会「呼吸」
著　　書　詩集『山について』『波濤』

なにくそニンニク

永井ますみ

空も風もすっかり秋なので
我が家の庭の夏の名残を撤去する
トウモロコシ　ゴーヤ　枝豆
おのれ生えのナンキン　ジャガイモ　シソ
何もなくなった狭い庭を耕す
一本一メートルぐらいの畝を七本
その内　四本に例年通り大根を
残りの三本にニンニクを植えよう

新聞に載ってたでしょう
芽が出るところをわざと下に植えると
なにくそ！　って作物に力が籠もるって
今までの私はいかにも過保護だよね
ジャガイモでも里芋でも
芽が出始めたところを上に
根っこの出るところを下に
ちゃんと芽を出すんだぞと撫でてさすっていた

ニンニクの粒を一列半　真っ逆さまに植えてやった
彼が地下を向いて目覚めて青ざめ
なにくそ！　って
吹き出した芽がつんと天を目指すかどうか
尻の方から目覚めた根っこが
ぐいぐいと旋回しながら地中を目指すかどうか

三日経ったが
ニンニクは逆さに植えられた事にまだ気づいていない
おい　いつ気づいて
いつやる気をだすのか
声を掛けるのに飽きた頃
どいつもこいつも　ひゅるひゅる伸びてきた
芽出しの遅れは大差がないし
土を除けて
下に向けて吹き出した芽のあたりを
指で探るわけにも行かないから
すでに
どれがなにくそニンニクか分からない

ながい　ますみ
所属詩誌　「RIVIÈRE」「現代詩神戸」
著　　書　詩集『永井ますみ詩集　新・日本現代詩文庫110』『万葉創詩・いや重《し》け吉事《よごと》』

インドの少女

名古きよえ

タゴールの絵を見ていると
上手く描こうとはしなかったのか
少女の全身に
色を塗り重ね
こげ茶色の肌を誇張している

陽が昇るときの影のような色合いが
胸や肩から　やや淋し気に
インドの暑い風土の中で
少女の未来に
苦悩を塗り込めている

彼は恵まれた家に生まれたが
家の無い人
裸足で歩く人
人間の苦悩が乾くことなく
続くことを知った

黙っている人
怒っているような人
少女もやがてサリーをまとって
家の陰で柱の役目をする
ガンジス川の流れの深さに
人の心も底知れず深くなるように

タゴールは少女に
インドのロマンと苦悩を背負わせた
菩提樹の枝が自由に伸びるように
けれど自然の厳しさを深々と受けて
胸には慈悲の花が咲くように

つつましやかな眼の光と口元

なこ　きよえ
所属詩誌　「RAVINE」「ここから」
著　　書　詩集『目的地』『水源《みなもと》の日』

年の瀬のコンサート

西田彩子

買物帰り
デパ地下前の小さな広場に
大勢の人が集っている

――何があるのかしら?

人垣の隙間をかい潜り
奥の方を見やると
「ご自由にお弾きください」と
書かれた立て看板の傍らに
大きなピアノが置かれていて
トートバッグを肩にしたお母さんと
四才ぐらいの女の児が連弾している
ダイナミックなお母さんの指使いの合間を繋ぐ
のびやかな幼いピアニシモの響き
時折詰って　お母さんの顔を見上げる
私には初めて聞く曲だけれど

明るい爽やかな調べだ
周囲の人たちは　みんな和やかな表情で聴き入っている
慌しい年の瀬の夕暮れどき
厳しい日常生活をしばし忘れて
音楽の世界を彷徨うひとときの幸せ

ほどなく　楽しい曲目は終り
退出する母娘に大きな拍手が起る

何て素敵なライブ！
若いお母さんと幼いお嬢さんの快挙！
大勢の人を前にしての
日頃の精進のお披露目に
こんなにも沢山の共感が寄せられたこの至福
そして　その音楽を共有した私たちの幸せ
悲しいこと　辛いことの多かった今年だったが
来年はきっと
真先に　幸せがやってくるに違いない
幸せは幸せを招くって云うから

にしだ　あやこ
所属詩誌　「軸」
著　　書　詩集『舞う』『無限旋律』

自分

西田　純

くり返し　再生されてきた
何千年　何百年ものあいだ
ぼくは　何度も使い古され
数えきれないほど　混ぜ合わされ
新しく　生まれてきた
何もないところから
湧いてきたのではない
ずいぶん多くの
いのちの中を　くぐり抜け
気の遠くなりそうな
年月のあいだから
今　ここで　立っている

ぼくは　どこから来たのだろう
ぼくの中の
あるものは　海のかなたから
あるものは　山にかこまれて

西田　純

ぼくは　ひとりの人間ではない
たくさんの違った人間の中に
分かれていたものが
ある日
ひとつの　いのちとなったのだ

にしだ　じゅん
所属詩誌　「ＰＯ」「朱雀」
著　　書　詩集『風の森』『森は生まれ』

ゆくへも知らぬ

にしもとめぐみ

あなたの手でほどかれる
Corsage ※1
指が腕を滑ってゆく
くちびるでたどる切ない時間

波は寄せては返し
海の仕事は果てしない
La petite seconde d'éternité ※2
Où tu m'as embrassé Où je t'ai embrassée

視線はからまる
瞳の奥にあるかもしれない謎
舟は二人を乗せて

漂う黄昏　跡の白波
もし言えない言葉伝えたら
ゆくへも知らぬ……

※1　Corsage（コルサージュ）婦人服の胴着、身ごろ、ブラウス
※2「あの永遠の一瞬　ラ　プチット　スゴンド　デテルニテ
おまえが私にキスをして　ウ　チュマ　ザンバラッセ
私がおまえにキスをした　ウ　ジュ　テ　アンバラッセ」
ジャック・プレヴェール『パロール』の「庭」より

にしもと　めぐみ
著　　書　詩集『マリオネットのように雨は』

半夏生《はんげしょう》

根津真介

昨日が仮面を剥がす
喰い込んだ落丁はなかなか頁を補えない
どこまでが元の顔だか

面の皮の厚い奴と言われても
蛙の面に水と
赤恥さらし続けてきた

実はつけない
緑の葉の表だけが変色して
舞妓さんの化粧のしたてか
あたかも庭一杯に白い花が咲いたかのよう

半分だけ化粧して
葉裏には一番重いものを沈ませている
葉表には一番悲しいものが浮かんでいる

すれ違った者だけが
男の半化粧を見る
振り返っても一番苦いものは見えない

京都　建仁寺塔頭　両足院は半夏生が盛りだ
表は獣を潜ませてか
仮面を操り続ける
どこにも元の顔は見当たらない

裏は指を立てて
窯変天目に茶筅をしぶく
葉裏から葉表を覗く視線がいじらしい
スッピンですと嘘ばかり

化粧もしないで仮面を隠し続けて
呟き込んだ素の顔を持て余している
この世の果てで見せるか死化粧
見果てぬ「愚」の夢もあろうものを

ねづ　しんすけ
著　　書　詩集『何処までも』『否』

門

根本昌幸

バタン　バタン
と
音がする。
外で。
少し風が吹いている。
音の主は門の扉なんだ。
この家は昔
武家といわれる
屋敷だった。
だから
門がある。
その門に

門を入れるのを
忘れたのだ。
その音は
遠くから聞える。
よ
う
な
気もする。
でも　以外と
近くからだった。

ねもと　まさゆき
所属詩誌　「日本海詩人」「腹の虫」
著　　書　詩集『桜の季節』『昆虫の家』

やくそく

橋爪さち子

「この露は傍のコブシの花や空を逆さに
映しているはずよ不思議やね　かあさん」
車いすを止めて話しかける母の表情に動きはない

青のヒヤシンス　馬酔木　ウイキョウを過ぎると
名も知らない野花に蜜蜂が忙しくはたらき
草木に覆われた池では
釣り人が呼吸を止めて糸を垂れている

陽と花と虫の申し分ないこの
天意に充ちた光景の中でなら今
百を前にした母と急逝しても
それはひとつの幸せな約束といえるだろう

ブラジルの原住民ヤノマミ族の約束では
妊婦は森の奥に出かけて出産し
生まれたての赤ん坊を村に連れ帰るか

放置し白アリの餌にするかを
独りたんたんと決断するという*

死よりも深い村の掟の淵に
赤ん坊を置いて女が歩み去ると
森はやわらかな漆黒の腕で赤ん坊をつつみ
大地は女の背へ沈黙の祈りをささげる
その場にいれば私も
せめて墓標を　と震える手を落ち着かせ
赤ん坊の遺体を抱きあげるだろう　が

「汚れた手で無垢ないのちを触るな」
たちまち頭上から村長《むらおさ》の罵声をあびて後ずさり
迷走の果て森の隅にいのちを落とすだろう

摘んだばかりの蒲公英が掌でもう枯れはじめ
きびすを返して母の住まいに向かう
後足に花粉玉をくっつけた蜜蜂の羽音が
とおい日の縁側を過ぎていく

*国分拓著『ヤノマミ』による

はしづめ　さちこ
所属詩誌　「青い花」
著　　書　詩集『乾杯』『葉を煮る』

木の哲学

橋本和彦

木は互いを認知しない
林を見て群れていると思うのは
人間の悪しき感情移入であって
木は各々がただの一本として屹立している

木が認識しているのは頭上の空であり
根が食い入っている大地である
たとえ枝々を広く差し伸べていようとも
それは握手を求めているのではない

木を満たすのはそれぞれの語彙と語法であり
敵意や厭世観ではない
木は単に自分の課題に向き合っており
孤独を感じることも愛を求めることもない

木の表皮が厚く無骨であるのは偶然ではない
木の内面はそれぞれで全く異なっており

一本一本が全く別の生き物ともいえる程だが
内面集中度の高さにおいては近似している

木は自らの生命を展開し全うするのに忙しい
それは水分や養分を取り入れることであり
呼吸や光合成を行って成長することであり
さらにはその果てに枯渇していくことである

木は各々がただの一本として屹立している
しかし木がその使命を終えようとするころ
厚く無骨な表皮を持つ何かに
不意に倒れ掛かられることがある

あるいは枯渇し衰弱しきった果てに
自分こそがドウと倒れ掛かることがある
そのとき初めて木は互いを認知し
空も大地も違った意味を帯びるようになる

はしもと　かずひこ
所属詩誌　「石の詩」（2013 年終刊）
著　　書　詩集『細い管のある風景』『鼓動』

流れ星

働　淳

還暦を迎える
父は六一、母は六四で亡くなっている
いよいよ私もその年齢に近づいてきた
死神と天使がそばで微笑んでいる

夜空を次々と流れる光
あの流星群を見たのは二五年前か
木星に彗星が衝突して起こった流星雨
公園の芝生に寝転がって見ていると
空に体が吸い込まれるようだった
あの時はまだ父も母も生きていた

父は酒好きで肝臓がんだったけど
母は腰が痛くて検査を受けたら
膵臓がんで余命三週間との告知
その通りの三週間だった
死は突然に訪れる

働　淳

父は「あと一〇年、欲しい」と言っていたが
訪れたのは失われた二〇年
あれから九・一一もあったし
三・一一だってあった

小惑星が地球の近くを通過したのは
梅雨明け翌日のこと
久し振りの新型ミサイル発射に騒いでいた日
その上空を月よりも近く飛ぶ
直径一三〇メートルの小惑星があった
衝突が懸念される「地球近傍天体」は
今年に入って六個目だという

星が流れ、時が流れ、命も流れていく
ブラックホールでダンスしている
骸骨シルエットの同調圧力たち
流れる銀河の雫をすくって
飲み干す美酒の追悼会
遺影はどれが良いだろう
壁に掛かったセピアの顔が微笑んでいる

はたらき　じゅん
所属詩誌　「P」「詩霊」「パンドラ」
著　　書　詩集『流星雨につつまれて』『花、若しくは透明な生』

星ひと夜

花潜　幸

夕刻であった。函館の港には姉と妹が見送りに来ていた。死ぬことは恐れてないが、兄と行けないことは哀しかった。船影のはみ出したドッグの堤防の先に、ラガー服のチームメートが群がり手を振っていた。

夜が大きく思えた。雲が切れると待ち月とともにひと抱えの星砂が現れ、日本海を光らせた。風が少しある。船倉に降りると襟に星を二つ付けた年寄りが菓子を配っている。商業学校の顔見知りがいる。喧嘩に向いていないラッパふきだった。

当てられた船室に荷を置いて寝転んだ。もうちゃんと眠ることはないだろうから、寝て置けと星二つが云っていた。丸窓にちらっと明かりが見えた。寄ると大叔父の街が深呼吸している。

あそこへいって蟹を取ったな。

覗くもう一人が云った。

向こうも春だろう、と見当違いのことを応えた。

電燈が消された。船の揺れが大きくなる。おおかた方向も変えたのだろう。南ならよかったのに、と星一つのラッパふきが呟く。見せられたミンダナオ島からの絵葉書のことを話した。楽園、パラダイスと書いてあり。髪に花を飾った少女が踊っていた。

眠ろうとすると母と烏賊を干したことを想いだす。ああして五歳で数をおぼえた。駄賃をもらうと兄と映画に行った。天井桟敷という言葉を知った。何時かあの国へ行きたいと願った。

深く眠れぬまま、朝を迎えた。船底へ集められ、行き先が告げられた。旅順に上陸し、それから陸路黄河へ下るという。鉄道は日本軍のものだと聞かされる。

船が接岸され、大きく揺れる。

父はラッパふきと配られた飯を食べる。

小声で、何も殺したくないと二人は言う。

それを聴いた星三つが一人を連れていった。まだ着いてもいないのに、優しい君はもう帰ることはなかった。

はなむぐり　ゆき
所属詩誌　「馬車」「Rurikarakusa」
著　　書　詩集『雛の帝国』『初めの頃であれば』

朝の琥珀

葉山美玖

しかくしかくしかく
たくさんの灰色の四角があって
その輪郭が
斜に折り重なっていて
しかくのなかにまた
たくさんの四角があり
中にはそこから
ぱりっとした洗濯物がたなびいている

私は目を覚ますと
まっしろいしかくの
ひとつから
ガラスをくぐって外に出る
おはようと
柴犬を散歩させている小父さんに
挨拶をして
けやきの道を

藍色のスニーカーでぐんぐんと踏む

7時に扉が開いて
ネクタイやら
しろい服やら
黒いリュックサックで
店はたちまちいっぱいになる

みな
焦げ茶色の液体を
しかめ面で飲んでいる
ヨオロッパ風のシャンデリアが
ひかる画面よりも
くらい光を放っている

これから仕事だ

鈍い琥珀の喧噪の中に
ひとびとが澱んで
泳ぎ出そうとしている

はやま　みく
所属詩誌　「妃」「トンボ」
著　　書　詩集『スパイラル』『約束』

ただいま

原　詩夏至

夕空はまだ随分明るいのに
家並みにはもう奇妙に翳が濃い
コンビニの灯はまだ背中に鋭いが
今買った夕刊の見出しはもう読めない
道の向こうは玄関ポーチだが
ドアを開ければそこも又薄闇
灯りをつけねば
家の者はどこだ
手探りで這い上がる板の間
そうだ確かにこんな感じだった〈近代〉とは
こうやって暗い土間に光を探しながら
這い上がって来たのだ俺たちはここまで
あたかも湯屋に音もなく上がり込む
白い仮面のカオナシのように
そう夕空はまだ海色の底光り
だがならどうしてここはこんなに暗いのか
そうだ確かにこんな感じだった〈近代〉とは

結局墜ちるのか墜ちないのかあのミサイル
だが夕刊は見出しすら読めないのだ暗すぎて
灯りをつけねば皆留守なら一人ででも
スイッチを求めてまさぐる壁
そうだ確かにこんな感じだった〈近代〉とは
指先がふと出くわす小三角
そうだ見つかるのだスイッチはいつかは
俺はそいつを押す迷わず喜んで
だがその途端ゴゴゴゴと地響き
そうだ確かにこんな感じだった〈近代〉とは
こうやって押されるのだ核ボタンはいつかは
ただいま　と天上からミサイル
おかえり　と地上から俺たち
轟音と共にとうとう点る灯り
だが今度は眩しすぎだ余りにも
灯りを消さねば
だがスイッチはもうない焼け落ちて
そうだ確かにこんな感じだった〈近代〉とは
おかえり　と地底から呼ぶ闇
ただいま　と燃えつつ俺たちは

はら　しげし
所属詩誌　「風狂」「腹の虫」
著　　書　詩集『波平』『異界だったり　現実だったり』（共著）

ひばりさんへ　讃歌

原　圭治

おそらく数えるほどしかないでしょうね
貴方の人生で　号泣したことは
涙腺から溢れ出る大粒の涙は数えきれないけれど
込み上げてくる感動で肉体が震えてきますから

昭和を歌い続けた　大スターの美空ひばりさんが
亡くなって三十年もたって「お久しぶりです／あなたのことをずっと見ていましたよ*」などと
ひばりさんから語りかけられたら
ぐっときて　思わず涙が溢れ出て止まりませんよね
「ＡＩでよみがえる美空ひばり*」は
残された千五百曲の　ひばりの七色の歌声から
気の遠くなる五千を超える音を　ＡＩに覚えさせ
音声と楽譜から何千万という条件を分析させて
音程やビブラートや　モンゴルのホーミーまで
一音ごとに音色を変えるひばりの歌唱力を再現した
「ＡＩのひばりさん」は　多くのファンの前で

声を掛けたのは　生身のひばりさんではないのだが
「あなたのことをずっと見ていましたよ*」と
感動の濃い空気の中に生きている気がすると
これほど「ＡＩのひばりさん」が
会場は　たちまち共感の号泣に包まれたのだが
新曲「あれから*」を歌う

いま世界は　大きな裂け目が出来はじめて
にんげんは　互いに汚い言葉で罵りあって
あらゆる場面で　対立と憎悪の感情を煽ることで
不寛容な時代に向かっているかのように見えるが
ＡＩ技術は　もうひとつの人間の幸せの質を
膨大な数字の量に置き換えて
理性のまなざしで共感の時代へと
果たして誘導することが可能なのだろうか
ＡＩのひばりさんは　数値化されない何かを
奥深いこころの隙間を満たすように歌って
「振りむけば幸せな時でしたね*」と

＊ＮＨＫの企画。総勢百人のスタッフで約一年がかりのプロジェクト。
「あれから」は、秋元康作詞、佐藤嘉風作曲。「　」は歌詞のなかの語りの言葉を引用。

はら　けいじ
所属詩誌　「詩人会議」「軸」
著　　書　詩集『水の世紀』『原圭治詩集　新・日本現代詩文庫 136』

額をあてる

半田信和

八十七歳の夫が
八十四歳の妻の額に
額をあてている
六十年以上の時を共にした伴侶の頭を
やさしくなでている
その名をやさしく
やさしく呼びながら
額に額をあてている

*

旅立つ身支度をととのえる
息子たちの妻に　孫娘に
うすく化粧をほどこされている
その顔は
とても穏やかだった
その人の生きた時間が

やさしい心が
静かに引き継がれてゆく

*

花で満たされた舟に
家族の寄せ書きを入れる
夫の記した言葉は
「父さんもすぐに行くから
　待っててな」

*

旅立つ者と見送る者を隔てて
扉が閉まる
もう妻の額にふれることはできない
夫は数秒間
扉に額をあてててから
ボタンを押した

はんだ　しんかず
所属詩誌　「角」
著　　書　詩集『たとえば一人のランナーが』

三間飛車の悲哀

平川綾真智

○のっぴきならない胡麻鯖の左眼が紺色の▲7六歩△3四歩
○トロール船を▲6六歩△8四歩　、あごひげ裸で覚ましま
○した　。　かつて▲7七角の薄い雲はチカちゃんの胸骨で
○は、ありません　。　うねり△8五歩ながら浅黒い皮膚に
○津波の染み▲7八飛を一斤半、は食べ△6二銀▲4八玉△
○4二玉、させられたのでしょう　？　まだ応援して▲6八
○銀いるよ△3二玉と▲3八玉△3三角あらゆる歯が　、剥
○き出さ▲2八玉れ　、腐乱を寄せる　、のです　、
　　（　死んどったんか息し△5四歩よるまんまでよ
　　▲5六歩△5三銀なして　、
　　　　白目ん方に　、とかく釘ば刺さした▲5七
銀△2二玉▲5八金はよ諦めなっせ　、
　　　っ　もう頭蓋ば卵、に△1二香しよるけん
○そろそろ眠った　？▲3八銀△1一玉▲6五歩すべった銀
○色の機体をピュア・ベイストは△4四銀▲4六歩　、うな

。じ△**4二角**の皮を照らす首▲**4七金**で年越し、頚椎が照る
。よ　。△**2二銀**▲**1六歩**あのね双子達、を△**3一金**▲**4五**
。**歩**△**3三銀**ストロング系アルコール・カタログで　、屠っ
て　、割って▲**4六銀**うすい顔の鼻梁まで　。むしった　、
　（　精子ばつくって△**7四歩**はよ心臓とめなっせ
▲**3六歩**△**7三桂**しろか、血の錠剤　、
　　っ　こぎゃん眼膜ん　、垂れ▲**6八飛**ん液を
　、ば△**5一金**▲**5五歩**たぷたぷ、と成体水子
が△**8六歩**泣きっとおす　　　　　）
　。剥製の電子レンジ、で動脈血は別れ、ない
。さようなら　。また震度計の歯列、を▲**同歩**△**5五歩**▲**同**
。**角**ずらり△**8六飛**と裂いて　、いきます。つかんだ顔、に
。果物ナイフ▲**7三角成**△**8九飛成**を、　当て▲**5三歩**がっ
。て△**4一金右**▲**5八飛**いました。　剝いていき、ぐるぐる
。の輪になった顔面が△**5一歩**▲**6四歩**ちいさく　、　ひら
。かれ△**同歩**▲**6三歩**た口腔の中、に滑っていき△**9九龍**ま
。す。　くちゃくちゃっと卵皮の血しぶき▲**6二歩成**ごと潮
。目に不味、く△**2四桂打**お前ら（▲**投了**）が、かわいそう

ひらかわ　あやまち
所属詩誌　「みなみのかぜ」
著　　書　詩集『市内二丁目のアパートで』『202.』

ラ・フランスの恍惚

平野鈴子

郷土の自然ゆたかな山河
肥沃な大地
雪とのきびしいくらし
いびつな姿態
さび色の果皮
触れながら固さをみきわめ
追熟をまつ
耳もとで食べ頃をしらされ
魅惑のかおりがはなたれた
ペティナイフにまとわる皮肌
したたる果汁
とろーりとした口ほどけ
それは流れるような優雅なカリグラフィーのごとし
脳裏に味をきおくさせ
ラ・フランスに魅せられた女は
バニラビーンズの安らぎの香りと
洋梨のリキュールのきわみを加味した

平野鈴子

マイジャム
寒さが緩みだすころ
クリスタルの容器から一匙すくい
甘い夢をふたたびみている

ひらの　すずこ
所属詩誌　「ＰＯ」

夜明け前

ひろせ俊子

午前三時のコンビニに
女がふたりいる
こんな時間に働かなくてはならない女と
こんな時間に買いに出なければならない女
くすんだ顔に表情はない

短い清算のあいだに
二人は互いの境遇に想像を巡らす
似たようなニオイを
嗅ぎ取り合いながら

午前三時のコンビニは
明るすぎる明るさで
作り笑いのように
真っ暗闇に浮き上がる

女たちよ

つかの間の安らぎと
小さな幸せを
人みな平等に与えられた
二十四時間のどこかで
疲れた腕のなかにそっと抱きしめよう

外の闇は
初夏の涼やかな空気に満ちている
夜明けは
間近だ

ひろせ　としこ
著　　書　詩集『おかあさん　キライ』『燕』

お世話になります下弦の月

深谷孝夫

深夜に警備の仕事をシフトして
老眼を患っている梟になった私は
下弦の冴える月光を頼りに
東から西へと道路に青春を撒き散らす
ハイブリッド車をモータースポーツゲートで
仁王立ちしながら霞んだ目を凝らす
突如心変わりして車線変更し
ゲート目掛けてエンジンサウンドを
目を覚ませとばかりに響かせて
ストップラインを暴走してくる
それをシニカルに月光は俯瞰している

霞む目を精一杯見開き威嚇しながら
使命に燃え身体を張って制止し
入場許可証の提示を求めると
スマホ片手のやんちゃなドライバーは
アクロバットの妙技を誇示して

深谷孝夫

大人になりきれない顔つきで逃げてゆく
それを憂い顔して追尾する月光は
哀しい光を投げかける
気が遠くなるような静寂な漆黒の闇が
睡魔をおびき寄せるとウツラウツラ
櫓を漕ぐ不真面目な私に心を残して寂しく
西に向かって昇るころ下弦の月に
主役交替を告げる太陽が
群がる邪魔な雲をほんのりと朱に染め
朝刊を配る冷気を纏うおじさんの身体を
穏やかな温かさで抱擁する

私は眠気でヨロヨロフラフラ
刺客のように突っこんでくる
信号前の車に襲われないように
自転車に乗って朝帰り
額に汗を掻かなくなった息子のために
健康を気遣う家内のために
老後の資金のために
残り少ない前を向いて
シフトの維持に命を繋ぐ

ふかや　たかお
所属詩誌　「三重詩話会」「みえ現代詩の会」

青い手袋

福田ケイ

百貨店はバーゲンセールで賑わっていた
手袋売り場ではマネキンの長い指に
青い手袋が着させられ　光沢をおびて
つんと光っていた
鮮やかなブルー
わたしの目がそこに止まった
冷たく晴れあがった
パリのサンジェルマン・デ・プレの空の色
わたしには他の色彩は消えていた

手袋は19センチ　わたしのサイズだ
はめると羊皮のやわらかさが
ひっそりと手をつつみこんだ　わたしは
わたしへのプレゼントとして店員さんに
白い箱にブルーのリボンをかけてもらった

　家族が寝しずまった夜
そっと　リボンをほどく

福田ケイ

五十年前　三か月ほど夫と暮らした
アパルトマンの五階　セーヌ川は流れ
電線のない広く青い空
教会の鐘の音が聞こえてくる
夫は仕事で忙しく働いていた
けれど　若いふたりの心は弾んでいた
教会　ブティック　カフェ　美術館　地下鉄
日本レストランは三軒
男も女も　学生も老人も　大いに語り　飲み
遅くまで賑わう街サンジェルマン・デ・プレ
冬に石畳の道を歩く人たちは
分厚いコートにマフラーをし
子供たちも帽子に手袋をして走っていた

　わたしは青い手袋を眺め　いまも
まだ　外へはめて行かずにいる

ふくだ　けい
所属詩誌　「大阪樟蔭３人会」「ミュゲの集い」

黄金の日々

藤沢　晋

斜めに急降下
水に突き刺さり
一瞬ののち飛び去る

二人で
カワセミを見た

山の奥の
しんとした池
小さな冒険の途中

十数年後
彼は山で滑落した
再び起きることはなかった
登山家の卵のまま

藤沢　晋

少年の日々
降りられなくなるほどの崖に登った
深い川の淵にもぐった
マムシを手でつかんだ

彼の倍以上も生きた今

あのカワセミは
彼だったのではないかと
思うのである

ふじさわ　しん
所属詩誌　「銀河詩手帖」
著　　書　詩集『知らない風』『優遊』

一粒の砂

藤谷恵一郎

一粒の砂があるということは
宇宙があるということ
一粒の砂があるということは
億年の時の広がりがあるということ
一粒の砂があるということは
豊かな水があるということ

藤谷恵一郎

きみがいるということは
未来があるということ

ふじたに　けいいちろう
所属詩誌　「ＰＯ」「軸」
著　　書　詩集『風の船』『風を孕まず　風となり』『明日への小鳥』

空洞　＝休日の病院＝

前田孝一

あんなに混んでいる毎日の待合室
この日は　がらんどうの薄暗がり
白衣をまとう機器の塑像は……
昼日中《ひるひなか》　すべてが眠っている

休日の病院は魂の抜けた広間
椅子《いす》達はひそひそと話をしている
遠く続く空洞の白い線がゆがんでくる

ほのぼのとたゆとう
空間の気のただよい
ナースステーションは明るく　白く　冷たく
すべてが静止

白い服の慌ただしい動き
幽明をさまよう人の手を握る
遠く　遠く　瞬く常夜灯

前田孝一

計器を見詰める　白衣の女
止まっている〝とき〟
嬌声《きょうせい》を発している患者が通る
うめく声は
魂を鎮める　〝うた〟なのか

まえだ　こういち
著　　書　詩集『つれづれの旅』『燃える』

私は呼ばれたのです

前原正治

そのとき　私は呼ばれたのです
私の中から呼ばれて立っていたのです
金木犀の風が吹いていていました
それを吸い込んだ曙の心の　なんという伸び上がる新鮮さ！
嵐の闇でばたばた泣いていた旗は　どこへいったのでしょう
私のためらう手から　暗い笛が滑りおちました
目覚めたとき　私は呼ばれたのです
地上から大気へと走る　その呼び声の
なんと豊饒な　金色の　ふるえる輪郭！
そのときの　あなたの　なんという清らかな無垢の遙かさ！
あなたへのひとつの追憶が　いくつものあなたの形象を生み
縁を輝かせながら白い雲のようにそれは近づき
たちまち私をすっかりおおい　やがてそこから
言葉や身振りや沈黙が　照り輝く夏の野に降る驟雨のように
ひととき　私に甘く降りしきった
私をとらえた時間が　美しく口を開き
ひきしめられた私の未来を呼んだのです

思わず　私は呼ばれたのです
けれどその突然は　気づいてみると
それを失う私に致命的な傷を与える必然
私は呼ばれたのです
深く　そして高く呼ばれたのです
問いと応えが同時に鳴り渡るように
呼びかけるものに呼ばれる私が重なり
私の心は　その和音にうたれて立っています
そのときの新たな私の　ふるえるたたずみ
それに気づいて　私の世界の戸の向こうで立ち上がり
私に向かって明るく回転したときの
あなたの衣ずれの真白い香り
そのとき　すっきりとした私の決意が
光る想いから行為の熱へと　溶けるように変身し
優しい水をきらめかせながら愛が流れるよろこび
薔薇色の朝の尾根から
私たちの緑の野へ吹き寄せる風の　ヒヤシンスめいた涼しさ
そしてその風に　肯くようにそよぐ私たちの世界には
これからの日々の　なんと夥しい色合いの
温かい　蝶めいた心情が秘められていることでしょう！

まえはら　まさはる
所属詩誌　「撃竹」同人
著　　書　詩集『魂涸れ』『黄泉の蝶』

暗〜い詩

牧野　新

ドロドロドロドロ〜
何が起きたんだ？　俺も寿命が来たのか？
トコトコトコトコ　トントントントン
カンカンカンカン　ガンガンガンガン？
五月蠅い！　静かに葬ってくれ！
バカバカバカバカ〜
女房が泣いている？　流石は俺の妻だ！
エンエンエンエン　オロオロオロオロ
タドタドタドタド　ルンルンルンルン？
亭主が亡くなったんだぞ！　再婚するつもりだな？
ニコニコニコニコ〜
息子が嬉しそう？　親不孝者奴！
ヨシヨシヨシヨシ　シメシメシメシメ
ウキウキウキウキ　ホクホクホクホク？
遺産を独り占め？　俺が稼いだ金だぞ！
バシバシバシバシ〜
母ちゃんだ！　親より早く死ぬな？

牧野　新

アホアホアホアホ　ボケボケボケボケ
ダメダメダメダメ　クズクズクズクズ？
母ちゃんごめんよ！　生き返るから！
ドロドロドロドロ～
何が起きたんだ？　夢だったのか？
生きててよかった！　家族を大切にしよう！
パチパチパチパチパチ！

まきの　あらた
所属詩誌　「現代詩選」
著　　書　詩集『太平洋戦争だけをいじめるな！ ― 世界が平和ならばこんな詩なんて書かない ―』
『戦国に咲いた四十一人の姫君　賢い貴女は姫に学ぶ』

下津井幻想

増田耕三

――ごめんなさいね。あんたの子を産んで
やれいで。なんとのう別の道を辿りと
うなって、よその人の子を産んぢしも
うたけん。
――べつにかまんがぜ。ひとおつも後悔は
ないけんねえ。

冬ざれた田の稲の切り株がそう呟いた
切り株どうしは静かな村里に
肩を並べるようにして立っていた
遠い時間の果てから吹きつけてくる風が
切り株の頬をかきむしったた
すると
――恨みがないと言えば嘘になる。どろば
あ自分の心の中をさまようたことか
と本心を明かした

増田耕三

それを受けてもう一本の切り株が
――本当はあんたとともにいつまでもおり
たかった。けんどあんたは、お酒と競
輪ばっかりに溺れて私をかえりみざっ
たけん。ほんであんたを捨てたがや

その切り株はさらに続けた
――人として叶えあえれざった私とあんた
は、稲の切り株に姿を変えてここに立
ちつくすがや
――この地の草や木になれざったわしじゃ
けん。それでええ

もう一方の切り株がうなずくように揺れた
下津井温泉の脇を流れる梼原《ゆすはら》川が
微かな水音を立てて
流れているのが聞こえていた

ますだ　こうぞう
所属詩誌　「兆」「ＰＯ」
著　　書　詩集『村里』『バルバラに』

老学者と猫

松原さおり

老学者はいつも考えている
嬉嬉として
考えることを食べて生きている
問題を見つけると
静かに和服の袖から煙草を取り出す

老学者は煙草を燻らせ考える
目なかいに広がる草原
陽は燦燦と降り注ぎ
子どもたちは心ゆくまでじゃれあって
熟れた木の実を口にする
おいしい
楽しかったなぁ　恐竜だったころ
老学者は膝の猫に話しかける

膝で日向ぼことと見えた猫のミルが
不意に颪のように消えたと思うと

ネズミをくわえてきて老学者の前に置いた
褒めてやらなければいけないのだろうな
老学者は悲しげに
いとおしむようにミルの背を撫でる

ミルはわたしの心がよくわかるいい子だねえ
ネズミを追うんじゃないよ
カエルともなかよくするんだよ
宇宙には美しいものがいっぱいあるんだ
この美しい星は心ふるわせるもので満ちている
みんなが一つ心に溶けあって暮らせばね

いつかミルもそれを知る日が来るだろう

ミルは不安そうに見上げている
にっこり頷いた老学者は
そうだ！　バラの香りから覚えるか？
蝶の飛び交う花の庭に
老学者は猫を抱いて下りていく

まつばら　さおり
所属詩誌　「風鐸」

リュックの中身

三浦千賀子

足腰がすっかり弱くなって
荷物が重くなった
リュックの中身を減らしたら、と夫が
さも余計なものをいれているように言う
「これでも最低限のものを入れているのよ」

背面のそとポケット二つ
一つにはティッシュにハンカチ
一つにはカギと携帯電話
内側のそとポケットには
お財布

リュックの中には
障害者手帳や健康保険証などの証明書
聴音器と換え用電池
なるべく軽い、本一冊
布製筆入れに鉛筆一本とボールペン一本

欠かせないのが
ノート一冊
本当は大判ノートを入れたいが
メモ帳風の小さなので
我慢している
一応詩人だから
いつ詩がおりてきてもメモできるように

コーヒー店に入った時のための
ほんのお菓子一切れも

これを軽くしようとすれば
お財布の中のカードを抜くか
小銭を出して出かけるしかない

これで余分な物
入っていますか

みうら　ちかこ
所属詩誌　「軸」「野の花」
著　　書　詩集『今日の奇跡』『友よ、明日のために』

あなたの瞳

水崎野里子

あなたの黒い瞳
まん丸でピカピカ光ってる
不思議なの　人間がこんなきれいな瞳
持っているなんて

黒水晶　黒珊瑚　黒硝子　黒大理石
どんな作り物も
あなたには　かなわない
あなたの瞳は何を映すの？

きっと汚《きたな》さを外した
人間の姿　世界の姿
ごめんね　人間は　いつでも
そんなに澄んではいなかった

明日　あなたに会いに行く
玄界灘が　荒れても

颱風が　追いかけて来ても
きれいな人間を　あなたの瞳に映したい

そのために
きれいなあなたを抱きしめる
そのために
地球が逆に廻る

その時間のために

みずさき　のりこ
所属詩誌　「ＰＯ」「千年樹」
著　　書　詩集『あなたと夜』『愛のブランコ』

絞る　謎

水野ひかる

トイレの掃除をはじめた。とても綺麗な女神さまは、アルフォンス・ミュシャの絵の額の中にいる。まっすぐな眼差しの横顔。編みあげた髪に巻きつく蔦の葉。肉づきのよい首から肩にかけての曲線。わたしは静かに女神さまに見下ろされながら、雑巾を絞る。ほんとうに絞るのは知恵かも知れない。そう考えはじめると、頭の中につぎつぎと星雲が渦巻いて、未来を拓く計画が浮かんでくる。無意識に手を動かしながら、雑巾を絞るように問題を絞ってゆく。人生の謎が、ひとつずつ解明できるような気がしてくる。それは知識ではなく、人の知恵というものだ。

写真の焦点をあわせるように、レンズの開口をせばめる。すこしずつ見えてくる問題の核心。的を絞るように矢を放つ。謎にむかって弓を引き絞る。もう待てない。十分に時間は費やしたのだから。父も母も問題を先送りして、逝ってしまった。持ち時間はどんどん少なくなる。暮らしは待ってくれないので、わたしはトイレの掃除をする。綺麗になったトイレの鏡の前で微笑する。まるで女神さまのように雑巾を絞りながら、誰と約束した訳でもないのに、わたしの海馬が前世の記憶を甦らせる。わたしのＤＮＡは、孫か曾孫そしてそれに繋がる誰かが、引き継いでくれるだろう。わたしはその中でもういちど新しく生きなおす。千年の時をこえて。

水野ひかる

みずの　ひかる
所属詩誌　「日本未来派」
著　　書　詩集『水辺の寓話』『シンケンシラハ』

思いもよらないことが現実に

――――――――道元　隆

まさか池に落ちて死ぬとは
まさか鉄の塊が突っ込んでくるとは
堤防が崩壊して濁流が流れてくるとは
竜巻が発生し　屋根が飛ばされるとは
信じがたいことが起きる

老化現象を抑える研究が進んでいる
地震の研究や医療の研究も　着々と進んでいる
耐震を備えた住宅　どこまで耐えられるか無知だ
災害に備える設備の研究は日々進化している
命を守るための設備だけでは救えない　自らが安全意識を

生きていくことは簡単なことではない
息をして　食べて　自らの肉体を保持していく
外的な刺激によって命の危機もあるのだが　何とか回避して
息をしながら　時間の経過と共に　肉体を動かす
無意識のうちに大量の細胞が死んでいることも感じず

死顔を随分見てきた

ガンで亡くなられた方は痩せられて別人だ
病気で死ぬのは仕方がない　懸命な治療を受けられたはずだ
事故死は信じられない　アッという間に世界が変わるのだ
自分はどんな死を迎えるのだろう　ふと考えることがある

スキー場には雪がない　温暖化の影響だ
雪が降らなければならないのに　雨が降る
海流も温度変化のため　定置網で獲れなくなった
自然現象が変化している　まだ四季を感じることができるが
また災害が起きそうだ　命が狙われている

少子高齢化の波は消えない　人がいなくなっていく
空き家が増え　荒れ放題の屋敷や庭　雑草が生い茂る田畑
誰かが止めなければ
現実の生活に精一杯で　田舎のことまで考えられない人
核家族がもてはやされた　無縁死の増加

不思議な世界　現実に出現する
考えられない出来事が実際におきる
縁の世界　誰にでも存在する　不思議ではないのだ
運命は与えられるのか　知らないうちに呼び込むのか
娑婆では生死の連続　振り回される人　どうにもならない

みちもと　たかし
所属詩誌　「漁舟」
著　　書　詩集『刻』『Rルート156』

騒がしい蝉

宮崎陽子

ジジィー　ジジィー　ジジィー　ジジィー
ジジィー　ジジィー　ジジィー　ジジィー
兄がよぶ
ジジィー　ジジィー　ジジィー　ジジィー
ジジィー　ジジィー　ジジィー　ジジィー
弟がよぶ
ジジィー　ジジィー　ジジィー　ジジィー
ジジィー　ジジィー　ジジィー　ジジィー
姉がよぶ
ジジィー　ジジィー
ジジィー　ジジィー
ジジィー　ジジィー
ひょっこり

じじいが顔を出す
けんかしてるんかあ

みやざき　ようこ
所属詩誌　「万寿詩の会」

折り鶴のピアス

村田　譲

どの色が好きなのかを聞いて
鶴を折る
実技試験でなかなか評価されなかったとき
師範から手渡された十センチ角の一枚
これで鶴を折ってみろという
何だろうと思いながら折りあげると
それじゃあと、ひとまわりちいさなサイズ
その繰り返しで
三センチくらいで互いの角がズレてしまった
頷きながらこれで作りなさいと折り紙を渡されたのだ
こんなことよりも教えろよとは
さすがに口に出せなかったが黙々と進めるうちに
熱中へと変わっていくと、どうして
指先が研ぎ澄んで
もっとちいさいものをと望みはじめたとき
試験も受かっていた

村田　譲

そんなとき店舗でみかけた鶴のアクセサリーを真似
ボーカルの娘の歌詞をイメージして
仕上げてみたのだけれど
彼女のこぼれる笑顔がクセになった
母の日のプレゼントには
亡くなった母の名前を重ねてのグリーンで
今度は姉さんの好きな色でのサプライズ
武道として習う指先へと
相手をイメージするのは同じかもしれないが
みる角度によっては
ただの指遊び
もう趣味なんだと、自分に笑いかける

そんな言われ方のおおきな遊びの内側に
ピンクのムーンストーンでウエイトさせて
ピアスに仕上げ
正面からみつめる一瞬に
秘められたちいさな覚悟と
逆さ十字の影

むらた　じょう
所属詩誌　「小樽詩話会」
著　　書　詩集『渇く夏』『円環、あるいは12日の約束のために』

文字たちが飛行して

村野由樹

ベランダの植木鉢に
水をやっていると
気球が風と一緒に
通り過ぎる

散歩の途中
気球がとまって呼ぶので
カゴに乗る

グランドで子供たちはサッカーボールを追いかけ
池の水はたゆたい
いくつもの山や雑木林を越えて
ふりかえると
文字たちが飛行して
連なってついてくる

図書館の花壇の前で

カゴから出て
陽が降り注ぐ窓際のテーブルに座る
入口から飛行して来た文字たちは
絵本に入り込んで物語になる

受付をしている人も
棚で本を捜しているみんなも
しらんかお

わたしはニッコリ微笑み
挨拶をする

――まっていたよ　おかえり

むらの　ゆき
所属詩誌　「銀河詩手帖」「風の音」
著　　書　詩集『渡し船』

菩提樹の下で

森井香衣

小枝を折りながら、森を散歩していた
木漏れ日は、草の葉先を照らしながら、私の
小さな道に沿って、揺れている

目を閉じると
光のなかで、きらきらとパラレルステップを踏みながら
踊る二つの影
さらさらと風の音をたてる草、風は
秋が沈黙を告げる声に、静かにじっと佇んだ

菩提樹の下で、私の涙を拭うあなたの指が
六月の朝を香らせている
梅雨が来る前に

夏のにわか雨は、孤独な私が傷つかないように
緑色の夢で覆っていたのだが
雷光は、繁茂する森の中で、その終わりを告げていた

秋は、木々から言の葉を降らし、私の足下に
やって来る
空の清々しさに気づくように
菩提樹の指先の花の香りはすっかり消え
今、草の葉先に雫が一つ、静かに光っている

もりい　かえ
著　　書　詩集『すぐりの樹』『瑠璃光』

借景

森《もり》木《き》 林《りん》

あとどのくらい
この階段を
のぼれるだろう

あとどのくらい
陽の光を
まぶしいと　感じるだろう

あとどのくらい
水平線に
深呼吸　できるだろう

——　∞《ムゲン》　——

海へとつづく　川のほとりに
しばし　たたずむ

いつか還ると　識りながら
ひとときを　切りとる

――ここにいます――

――ここにいます――

イマ
コノトキ

あざやかな借景が
とどきますように

あなたへ

もりき　りん
所属詩誌　「詩の会ROSA」
著　　書　『メルヘン・オムニバス』収録「オルゴールの森へ」

泣けなかった女の子

もりたひらく

泣けなかった女の子
それはね　私
へらへらと　笑うことしか
できなかった

ほんとうは　もっと
泣きたかったんだ　と
大人になった　今
振り返る

でもね　ここまで
生きてこられたのは
何か　キラキラした
宝石のようなものが
いつも　そばに
あったはずだから
子どもの頃にタイムワープして

それを　探しにいこうと思う

あの頃の私は　今も　まだ
ふとんの中にもぐりこんだまま

まっさきに
抱きしめてあげよう
あの頃の私に会ったなら
踏ん張っていてくれて　ありがとう
でも　もう　今は
泣いていいのよ　と
伝えよう

そして　いっしょに
探していこう
私は　私の手をひいて
もう　ひとりじゃないから　と
話そう

もりた　ひらく
所属詩誌　「ポエムの森」
著　　書　詩集『時を喰らった怪獣』『TICK TICK TICK』

あの子

森田好子

あの子がいると
うち　うれしいねん

だいじょうぶ
いっしょに遊ぼ
手伝おうか
めっちゃ　いいことも　せえへん
めっちゃ　あかんことも　せえへん
けど　一生懸命

あの子がいると
うち　落ち着くねん

やさしいやろ
約束守るやろ
いつも気ぃつこうてくれる
めっちゃ　失敗してはる

めっちゃ　しっかりしてはる
そやから　何でも話せる
あの子がいると
うち　笑うてまうねん

（物部一郎　作曲）

もりた　よしこ
所属詩誌　「万寿詩の会」

月の美しい夜の川

八重樫克羅

さびしいって言葉を知らないで
死んじまった子はさびしかなかったと
言っていいのだろうか
そんな言葉をおぼえるほどの
日かずもなく生きて
暗い川に落ちていった女の子

くるしいって言葉を知らないで
死んじまった子はくるしかなかったと言って
いいのだろうか

この世で覚えた少しの言葉
お母さんが伸ばした腕のなかで
ニコニコ笑ってバイバイ言って
そのまんま夜の川に落ちていった子
お母さんへのバイバイ
それはわずかに生きた

この世界へのバイバイ

言葉があるから
さびしさや苦しみが生まれるのだろうか
言葉さえなければ
ひとは悲しみを知らないで済むのだろうか

だけど落ちていったのはこっちじゃないか
ニコニコ笑われバイバイされて
ほんとうに悲しいのはこっちじゃないか
世界は墜ちつづけ
もっと深い闇へと墜ちつづけ

川はいつものように
昼も夜も時を流してなんの変わりもないが
あの子の魂は冷たい体を離れて川面を漂い
よく晴れた美しい夜などには
ときおり割れたり砕けたりするけれど
たちまちもとの丸いかたちになって
さざなみにキラキラ輝いているのです

やえがし　かつら
所属詩誌　「ERA」「白亜紀」
著　　書　詩集『イーハトーヴの幸福な物語』『蝶の曳く馬車』

階段教室で　――パリ大学で思想家と――

安森ソノ子

教室の古い木製の椅子に迎えられ　私は黙してノートを開く
異国での教室で　今よみがえる先人の生々しい声

突然背後から　肩を叩かれ　振り返ると
故人である筈のジャン＝ジャック・ルソーが立っている
「日本から　いつ着いたのだ　久しい間待っていたよ」と
さしのべられた手を　遠慮がちに握りしめ
心ゆくまで語り合おうと対座する

〃十六歳の時から放浪生活をせざるをえなかった僕が　見てきたヨー
　ロッパの絶対王政
民衆の心を無視し富を奪い　贅沢三昧の貴族社会
『エミール』を書き出版し　「私たちは　この世に二度生まれる」と
　何度も言った
「最初は生理体として　この世に存在するために生まれる
二度目には人間として生まれる〃
そして〃あなたが描く理想的な人間は　どんなに厳しい異常な中で

あっても　生き抜いて行ける生命体
体に備わっている自然が　飢えや寒さや苦しみに会っても　鍛えられ
ている範囲内で自在に生き　志を大切に歩む人間〟
「日本の女性である君よ
何故　僕と会おうと思うようになったのか」
「あなたの人生のすべてに　打ちのめされているからです
御高著の教育論を繙いて以来の　人間というものの追及のため

四十八歳で『社会契約論』の草稿を完成させ
五十二歳で書いた『告白』の序文　書き続け歳月を経て『告白』に
生き様を残し　六十六歳で他界！　ポプラの島に埋葬された遺骸
は革命政府により　一七九四年にパンテオンに移されて――
わが全身は　パンテオンであなたの棺の前で動けなくなった
幾多の貴婦人の愛人となった過去　使用人との間にもうけた五人もの
　実子を次々と養育院へ送り　五人の子供を捨てたと言われた先人よ
ジュネーブで生まれ　0歳の日に母親と死別したあなたに
人々の平等を説くあなたに　二〇二〇年の今　尚も頼もしい　持論を
　伺いたいのです
これからも　偉大な思想家のゆるぎない説を」

やすもり　そのこ
所属詩誌　現代京都詩話会「呼吸」「パンドラ」
著　　書　詩集『香格里拉（シャングリラ）で舞う』
英日詩集『TOUCHING MURASAKI SHIKIBU'S SHOULDER 紫式部の肩に触れ』

真っ正直にすわってみる

山本なおこ

真っ正直にすわってみる

遠くふるさとの一本の樹になってみる
せせらぎの小川になってみる

庭の日蔭にひっそりと咲いている
茗荷《みょうが》の花になってみる

真っ正直にすわってみる

銀行員だった村の幼馴染みの友が浮かぶ
自殺したという

年老いた義母《はは》ひとり残して
奥さんが子どもを連れて村を出ていった

真っ正直にすわってみる

山本なおこ

今日の今まで
ありのままの私であったのだろうか
原郷《うぶすな》が幻郷《まぼろし》のようにして
ふるさとが私を叱咤する

真っ正直にすわってみる

私の胸に音もなく
さりさりと雪が降る

何かに祈りたいような
つつましやかな気持ちになってくる

やまもと　なおこ
所属詩誌　「ＰＯ」「伽羅」
著　　書　詩集『生きる　アンダンテ カンタービレ』・絵童話『雪の日の五円だま』

欠けていく時間

横田英子

向日葵咲いて
はなやかに　夏の日を重ねては
色褪せ　時を失くしていく
真夏の陽の揺らめく中に
溜めたであろう　花たちの時間

私の胸の内を　騒がせるのは
向日葵が　陽の中に放出した
大切な思いを忘れていないかということ
どこにしまったか覚えがないと
いつも　何かを探していた母
途中の編み物の続きを見ると
座り込んで編み棒を動かしている
探し物はもう念頭にない

向日葵は　もう向きを変えて揺れている
何故か　その下で

母が編み物をしている
眼を開けると
真夏の陽の下で　喘ぐ向日葵
夕方には　夕立のように
ホースで水浴び　約束するから

ほっとしたような　向日葵の姿勢に
夕暮れの涼風が　濡れた足許を撫でていった
ふいと向日葵の水やりに
余念がない子どもたちの姿が浮上する
向日葵の立ち並ぶ横でじゃんけんをしては
水の入ったバケツを運ぶ
水道で楽になったのは　もう少し後だった

よこた　ひでこ
所属詩誌　「RIVIÈRE」
著　　書　詩集『川の構図』『風の器』

最後のありがとう

吉田享子

酸素ボンベと点滴で
身体は日に日に弱り
ときおり開く目は
光をおよいで閉じた

なまえを呼べば
どこか遠いところから
「はい」とかすかな声
浅い呼吸《いき》が早くなる

「小さいときからずっと
　かわいがってくれて　ありがとう」
私は叔母の耳に口をつけて言った
迷ったけれど
言わなければ後悔すると思った

子どもに恵まれなかった叔母は

関わってくださった方々に
「ありがとう」を
言いたいにちがいない

私の「ありがとう」と
叔母の「ありがとう」は
どこかで交錯した

「閉じられた目から涙が
　ポンプのようにあふれましたよ」
清拭してくださった看護師さん

ああ、叔母のたくさんの「ありがとう」は
瞼にたまっていたのだった

よしだ　きょうこ
所属詩誌　「伽羅」
著　　書　詩集『おしゃべりな星』『空からの手紙』

失って生きる

吉田定一

生きているということ
それは失うということ

寄せては返す波のように
ひとつふたつと思いでが　何処かに
置き忘れてきように　記憶から失われていく

（生きているということ）

蝋燭の灯りのように灯《とも》していたいのちが
消えていくように
永く床に伏していた病弱なわが子を失う

（生きているということ）

おとなは誰しも最初は子どもだった
無邪気な幼なごころを失っての
吾《あ》がの　現在《いま》の訪れを哀しむ

（生きているということ）

夜を失って昼になり
昼を失って夜が来るように
ひとつの消失感が　ひとつの生を生む

（生きるということ）

宝石のような時間を失ってきた
若さにおごりて　惜しげもなく…
今は老いて自分を失い　徘徊している

（生きているということ）

すっかり木の葉を落とした裸木のように
もはや失うものは何もない
やっとこれで　存分に生きることができる

生きるということ　失って生きるということ
夜の天空で　欠けては満ちてくる
月の　柔らかな光のように

よしだ　ていいち
所属詩誌　「ＰＯ」「伽羅」
著　　書　詩集『You are here』『記憶の中のピアニシモ』

幸福な無人駅

吉田義昭

鳥よりも鳥らしい小さな鳥でした
美しい銀白色と赤と青の柔らかな羽根
名前が分からないので仕方なく
ひとりぼっちの小鳥と呼ばせてもらいます
鳥よりも鳥らしい可愛い小鳥と
人間よりも人間らしく生きていたい私と

背景は山並みと空よりも空らしい空に夕陽
小鳥と私と木のほかに生き物は見えません
私は人間よりも優しく生きていたいのです
優しさの基準は判らないので
私は自分を善人で愛すべき正直者と決め
鳥らしい小鳥に私の小声で囁きかけています

風に揺れ山間の無人駅の前で木が佇んでいます
どんな木よりも木らしい樹齢を感じさせる木
名前が分からないので仕方なく

吉田義昭

大昔に生まれた大木と呼ばせてもらいます
枯葉が生き生きと枯れて一枚ずつ落ち
裸になった木が私たちを見つめてくれています

村から取り残された駅で群れから外れた小鳥が
人間の群れから外れた私に語りかけてきます
今日は人生を休み一人で秋の山を歩いてきました
駅舎には「幸福な無人駅」と書かれてありますが
私が電車を待っているので無人駅ではありません
この駅も鳥も木も皆で電車を待ってくれています

よしだ　よしあき
所属詩誌　「ＰＯ」
著　　書　詩集『ガリレオが笑った』『結晶体』

鎮守の森を駆け抜けて

頼　圭二郎

明けきらぬ朝　白い息を吐きながら希望のような灯りがともる
カトレア豆腐店へ鍋をもって豆腐を買いに行く

ぼくら夫婦は待つことに飼い馴らされた鍋の中の豆腐
角が崩れぬようお互いに気をつかい　あっちへ寄せこっちへ寄せ
鍋の中ばかり覗きこむ年金生活

道すがらの小暗い鎮守の森は
繁った大木が鳥居や氏神様を飲み込んでいる
ましてや鈴の音など聞こえない
老木にからまった赤い幟の切れはしに
子どもの頃の賑わしかった祭礼を脳裏に描く

あの頃は豆腐を買いに行くのが厭だった
鍋をもつ恥ずかしさに鎮守の森を一気に駆け抜けた
豆腐の角は微塵にくだけたが
追いかけてくる犬のせいにして

頼　圭二郎

灯りが消えることのなかった角源豆腐店
後を継いだ息子は暴れん坊だったが祭礼では笛を吹いた
成人式を過ぎると「いらっしゃいませ」と
だれにも深々と頭を下げるようになっていた
間もなく角源豆腐店はカトレア豆腐店に店名を変えた

豆腐の角を崩さぬよう角源の親父さんも
きっと鍋の中を覗き込んでいたのだろう
ぼくのように帰りだけではなく行きも　帰りも

「お帰りなさい」と妻が鎮守の神になって迎える
掃き清められた玄関　笛や太鼓はなかったが
小さなテーブルが鍋を待っていた

もう追いかけてくる犬はいない
初々しい角のある豆腐が鍋の中でゆれている
空耳なのか鎮守の森から澄んだ笛の音
味噌汁の中でサイの目の豆腐が
何度も何度も浮き上がってくる

らい　けいじろう
所属詩誌　「ぱぴるす」「撃竹」
著　　書　詩集『幻灯幻馬』『葛橋異聞』

その男、レニン。

若見政宏

その男、レニン。
髭《あごひげ》のない顎、小さな坊主頭、小さな顔。
冬であろうが鼠色の薄い上衣に
半ズボン。
路上に屯する
仲間とつるむことを潔しとせず
単独で街路を行く。

男は軽やかに何歩か進む。
立ち止まり、片脚立ちをする。
地面に付いた片脚の膝を発条《ぜんまい》のように弾ませる。
浮いている
片脚と両腕をゆったりと宙に撓《たわ》ませる。

石蹴りの動と弥次郎兵衛の静の
路上のお道化が
都市に定点を持たないこの男の

若見政宏

存在のリズムだ。
凸凹の都市。
速度の信仰に憑かれた都市。

街は
空に伸びる集積と
空洞に向かう没落に
二分化される。

夢と現実の
狭間の街路を定点に向かい
最短距離で急ぐ勤め人の傍で
今、軽やかに男は、しゃくり上げた顎の先に
左手を斜め上にかざし
何事かを語る。
冬の朝の
ぼくの戯れの夢。

わかみ　まさひろ
所属詩誌　「仙人掌」
著　　書　詩集『汽笛がきこえた街』『道』

一粒のブルーベリー

渡辺孔二

　プレーンヨーグルトにブルーベリーを六粒入れて
朝食のときにゆっくり味わうのが近頃の習慣になっている
だから今朝も南米チリから輸入されたブルーベリーを
六粒食べるつもりでいた
それでいつものように六粒を透き通った容器から取り出し
わたしの右手の掌のなかに丸め込み
部屋の流しでかれらに水道水を注ごうとした
　だがその直前にわたしの魂胆を見抜いたと思える一粒が
自己主張を発揮してわたしの手から逃げた
それで捕まえてやろうとあちこち探した
まわりのどこにもいない　困った
どこだ　屈み込んで探した　見つけることができない
流しの前の敷物に落ちたような音がしたのだから
どこか敷物の近くに隠れているはずなのにどこにもいない
　だが待てよ　わたしは想い直した
そうだ　じぶんで隠れたのだから
探さなくてもよいのでは

渡辺孔二

わたしはそう想うことにした
一粒のブルーベリーがじぶんから再生を願って旅に出たのだ
新たな命を注入されることを信じた上で
わたしの生き方を真似てじぶんで行動を起こしたのだ
　あいつから見ると巨人であるわたしの掌のしがらみを逃れて
あいつじしんの今日を掴みにじぶんから出かけたのだ
だからあいつのおかげで巨人同然のわたしじしんも
一粒の青い種の実に異化できて今日の森の入口が見えるのだ
さあ互いに新しい冒険のささやかな始まりだ
これから明るく輝く未知の広がる森へ出かけよう
冬の寒い豆止女天《つとめて》が今のここに付き付きしく在る
動く雲間に薄青色の湖面が顔を覗かせてくれている
生きて弾んだ天も地も喜んで手招きしてくれている

▍わたなべ　こうじ

資料

イベント出演者一覧

第一〇〇回特別例会
昭和五七（一九八二）年六月一九日（土）
於　大阪府立文化情報センター
青木はるみ　三井葉子　横田英子　犬塚昭夫　日高てる　瀬野とし　水口洋治　山内　清　他不明

88ポエム「風」フェスティバル
昭和六三（一九八八）年一一月三日（木）
於　大阪府立文化情報センター
○開会挨拶・瀬野とし　○座談会・青木はるみ　明珍　昇　君本昌久　安水稔和　水口洋治　○パフォーマンス・北口汀子　美術・井上清造　音楽・服部　誠　○詩の朗読・島田陽子　真栄田義功　たなかよしゆき　河崎洋充　福田知子　横田英子　高橋　徹　瑞木よう　みくも年子　以倉紘平　中野忠和　日高てる　○音楽・歌・斎藤佳代　ピアノ・東　曜子　○閉会挨拶・水口洋治

ＮＨＫ・ＦＭ井戸端ジョッキー
平成元（一九八九）年三月二四日放送
午後6時〜7時
出演・瀬野とし　沢　夏子　和泉千鶴子　みくも年子　奥村和子　水口洋治

風　チェロ　水・in 中之島
平成元（一九八九）年六月四日（日）
於　大阪市立中央公会堂
○講演・小川和佑「昭和文学と西欧文化—立原〜三島〜春樹」　○立原道造の詩の朗読・河崎洋充　○詩の朗読とチェロによるコンポジション　福中郡生子　白川　淑　立川喜美子　和泉千鶴子　青木はるみ　中森　聖　福田万里子　吉武眞沙世　瀬野とし　麦　朝夫　○パフォーマンス「恋わたる中之島の水辺〜万葉と現代の恋歌」企画演出・水口洋治　出演・以倉紘平　河崎洋充　沢　夏子　下村和子　野島洋光　瑞木よう　水野麻紀　チェロ・北村豊三郎　○司会・西村博美　○開会挨拶・河内厚郎　○閉会挨拶・水口洋治　後援—大阪市　月刊文芸誌「関西文学」季刊詩誌「ＰＯ」…大阪市制百周年記念行事

89ポエム「風」フェスティバル
平成元（一九八九）年一〇月一〇日

於　大阪府立文化情報センター
○詩の朗読・平居　謙　細見和之　井上俊夫　奥野祐子　松本衆司　嵯峨京子　屋根正彦　下出祐太郎　西村博美　橋爪さち子　水谷なり子　金田　弘　青木はるみ　○シンポジウム「詩の朗読について」＊「ほんやら洞」の詩人×「ブラックパン」×「風」有馬　敲　日高てる　瀬野とし　○司会・モリグチタカミ　○コーラス・洛陽混声合唱団（猪上清子の詩による）指揮・金内孝宏　作曲・栗山良太郎　編曲・林保雄　ピアノ・伊藤真理子　○コンポジション「鬼がいる」企画演出・吉村祥二　キャスト・和泉千鶴子　河崎洋充　水口洋治　阿栗きい　音響・廣川大事　○開会挨拶・沢　夏子　○閉会挨拶・野島洋光　○前半司会・坂本達雄　○後半司会・みくも年子

詩を朗読する詩人の会「風」二〇〇回記念
91ポエム「風」フェスティバル
平成三（一九九一）年七月二八日（日）
午後0時30分〜午後3時30分
於　大阪市立中央公会堂
○鼎談　文学の志について・片岡文雄　青木はるみ　水口洋治　○詩の朗読・井上俊夫　北口汀子　島田陽子　高橋　徹　中岡淳一　左子真由美　日高てる　福田万里子　松本昌子　山内清　○音楽　フルート独奏・橋本久美子　○司会・和泉千鶴子　藤木真衛　○開会挨拶・瀬野とし　○閉会挨拶・野島洋光

詩を朗読する詩人の会「風」創立二〇周年記念
94ポエム「風」フェスティバル
平成六（一九九四）年三月一三日（日）
午後1時〜午後4時30分
於　大阪市立国際交流センター
○講演「花と恋」小川和佑〈桜と日本人〉、鄭民欽〈中国古典詩にみる花と恋〉○詩の朗読・青木はるみ　日高てる　水谷なりこ　島田陽子　福中都生子　左子真由美　津坂治男　中岡淳一　白川　淑　○音楽　ピアノ・三輪佐知子　フルート・小室佐和子　○司会・奥村和子　桐野かおる　○開会挨拶・漸野とし　○閉会挨拶・野島洋光　後援・「関西文学」の会　大阪文化団体連合会　大阪府文化振興財団

96ポエム「風」フェスティバル
平成八（一九九六）年一〇月二〇日（日）
午後1時30分より

於　ホテル・エコーオオサカ
○講演・上林猷夫「日本の名詩について」○詩の朗読・日高てる　福中都生子　白川　淑　下村和子　みくも年子　横田英子　原　圭治　平尾　哲　○風賞授賞式（受賞者別記）及び受賞者による詩の朗読　○運営スタッフ・水口洋治　瀬野とし　野島洋光　田端宣貞　モリグチタカミ　左子真由美　中野忠和　奥村和子

99ポエム「風」フェスティバル

平成一一（一九九九）年六月三〇日（日）
午後1時より
於　尼崎市中小企業センター
○鼎談「交響の空間　詩・音楽・美術」画家・吉田廣喜　音楽家・森本昌之　詩人・水口洋治
○詩の朗読・青木はるみ　島田陽子　白川　淑　高橋　徹　中尾彰秀　福中都生子　日高てる　松尾茂夫　○風賞授賞式（受賞者別記）及び受賞者による詩の朗読　○演奏「コンポジション〈9〉」　9人の詩人の詩によるソプラノとオーケストラの響き×ロマン室内管弦楽団　指揮・井塚篤司　ソプラノ・田村博子　○閉会のあいさつ・野島洋光　○総合司会・中野忠和　奥村和子　○鼎談・演奏司会　左子真由美　○出版記念会「風」「ＰＯ」創刊二十五周年記念パーティ○司会　石村勇二　宮川礼子　○運営スタッフ・モリグチタカミ　新　哲実　中野忠和　野島洋光　佐古祐二　中尾彰秀　左子真由美　水口洋治

２００２ポエム「風」フェスティバル

平成一四（二〇〇二）年六月一六日（日）
午後2時〜5時半
於　ＫＫＲホテル大阪谷町
○来賓挨拶・杉山平一　○詩朗読・原　圭治　中尾彰秀　福中都生子　北村こう　佐相憲一　佐古祐二　名古きよえ　堀　諭　横田英子　橋爪さち子　○講演　水口洋治「戦後の時代区分論と現代詩」○音楽・田中千都子

「ＰＯ」「風」三〇周年記念フェスティバル

平成一六（二〇〇四）年二月二二日（日）
於　ウェルシティ大阪
（四ツ橋厚生年金会館）
○「風」と「ＰＯ」について　水口洋治　○講演　水口洋治「詩とは何か―演繹法と帰納法」
○活躍する五人の詩人による朗読とピアノ・北村こう　もりたひらく　神田さよ　横田英子

藤谷恵一郎　ピアノ伴奏・土みゆ子　○「風」特別功労賞授賞式　野島洋光　詩集「木になった男の話」より朗読とピアノ　作曲・中尾彰秀演奏・土みゆ子　○「風」世話人による朗読と中尾彰秀ピアノインプロヴィゼイション・モリグチタカミ　佐古祐二　水口洋治　左子真由美堀　諭　○音楽・土みゆ子

2005ポエム・風フェスティバル

平成一七（二〇〇五）年六月二六日（日）
　午後1時より
　於　ウェルシティ大阪（四ツ橋厚生年金会館）

○開会挨拶・水口洋治　○風賞授賞式　（受賞者別記）○講演「現代の詩における美の役割―世界の美が人々を勇気づける」佐古祐二　○シンセサイザー奏ソロ及び詩とのセッション　演奏・松尾泰伸　詩朗読・白川　淑　中尾彰秀　○詩朗読・松田久実子　橋爪さち子　坂梨　開尾崎まこと　吉本　弘　佐藤勝太　○閉会挨拶・中尾彰秀　○第一部司会・モリグチタカミ　第二部司会・左子真由美

2008ポエム・風フェスティバル

平成二〇（二〇〇八）年八月二四日（日）
　於　大阪クリスチャンセンター（OCC）

○開会挨拶・左子真由美　○講演「『詩賛　大津絵』を語る」村田辰夫　○風賞授賞式　（受賞者別記）○詩朗読とピアノ演奏・北原千代○詩朗読・荒木彰子　安田風人　寺沢京子（ピアノ）岩国正次　蔭山辰子　おれんじゆう　○閉会挨拶・中尾彰秀　○第一部司会・モリグチタカミ　第二部司会・蔭山辰子

2011ポエム・風フェスティバル

平成二三（二〇一一）年八月七日（日）
　於　エル・おおさか

○開会挨拶・佐古祐二　○講演「詩の力」横田英子　○風賞授賞式　（受賞者別記）○「天の羊」による演奏と歌　○詩朗読・永井ますみ・佐藤勝太・平岡けいこ・田村照視・おしだとしこ・大西久代・武西良和・名古きよえ　○閉会挨拶・中尾彰秀　○第一部司会・蔭山辰子　第二部司会・近藤摩耶・左子真由美

詩を朗読する詩人の会「風」創立四〇周年記念
ポエム「風」フェスティバル2014

平成二六（二〇一四）年七月一三日（日）
於　大阪市中央公会堂（中之島）小集会室

○開会挨拶・佐古祐二　○来賓挨拶・横田英子　○講演「現代詩の希望」尾崎まこと　○風賞授賞式（受賞者別記）○フルート演奏・和田高幸　ピアノ・槙野仁美　○詩朗読・植野高志　神田さよ　司　茜　村野由樹　村田辰夫　○閉会挨拶・中尾彰秀　○第一部司会・モリグチタカミ　第二部司会・蔭山辰子／左子真由美

中原中也生誕一一〇年記念
ポエム「風」フェスティバル2017

平成二九（二〇一七）年九月一七日（日）
於　大阪キャッスルホテル

○開会挨拶・永井ますみ　○来賓挨拶・大倉元　○風賞授賞式　（受賞者別記）○講演「生誕一一〇年・中原中也の可能性」中原　豊（山口市湯田温泉　中原中也記念館館長）○歌曲
安田旺司（バリトン）○ 詩朗読・ハラキン
大西久代　遠藤カズエ　尾崎まこと　神原　良
福田ケイ　岡本真穂　吉田享子　○閉会挨拶・中尾彰秀　○第一部司会・左子真由美　第二部司会・榊　次郎／永井ますみ

詩を朗読する詩人の会「風」五〇〇回記念
大朗読会

平成三一（二〇一九）年一月二〇日
於　国際会議場グランキューブ大阪会議室

○風の歴史の話：榊次郎・左子真由美　○『アンソロジー風』より歴代最優秀賞作品の朗読・
片岡文雄　図子照雄　原　圭治　尾崎まこと・
青木はるみ　山本なおこ　魚本藤子（代読含む）
○持ち込み朗読

「風」賞の募集・選考についての世話人会申合せ事項

二〇〇五年六月五日

詩を朗読する詩人の会「風」世話人一同

一九七四年二月二日を第一回とする詩を朗読する詩人の会「風」の歴史も、この度の「2005ポエム・風フェスティバル」の開催をもって三五五回を数えることになりました。この間、わたしたちは、詩を愛し詩作と詩の朗読を追求する仲間・友人として互いに励ましあうことをモットーとして、本会を運営してきました。

一九九六年に第一回を授賞した「風」賞は、本会の一九七四年以来の永きにわたっての歴史と伝統を踏まえ、活動の一層の普及・発展を願って創設されたものです。したがって、「風」賞の趣旨も、本会の日常の活動の延長線上のものとして考えています。

さて、わたしたちは、「風」賞が今回で第三回を迎え、定着してきたことを機に、「風」賞の募集・選考にあたっての申し合わせ事項をあらためて次のとおり確認いたしました。

①本賞は、詩を愛し詩作と詩の朗読を追求する仲間・友人として、すぐれた創作上の成果を讃えるとともに、創作活動の一層の発展を励ますものとする。

②特定の創作上の流儀や傾向にこだわらず広く募集し、私たち自身がどのような詩がすぐれた詩であるのかを模索し考えていく機会として、選考作業を行う。

③そうして、すぐれた詩の選考をとおして、わが国の詩の地平を切り拓き、詩界に刺激を与えることを展望する。

④選考に際しては、総意を形成するため、集団的討議を尽くす。

⑤選考方法については、選考会出席の世話人全員が一致して定める方法によるものとする。

■第一回風賞■『アンソロジー風V』

平成八（一九九六）年一〇月二〇日（日）

最優秀賞・片岡文雄／優秀賞・上田味左子　増田耕三　吉武眞沙世

最優秀作品

ムカシトンボ　四万十川トンボ自然館で

片岡文雄

何気なく堆積土の上におりたのが
過ちだったのだろうか
ひろげた羽をほんの少し後方にそらし
その姿を改めないままに凝固して
一億三千万年が過ぎてしまった
わたしが棲んでいたのは　もともと
ドイツはホルツマーデン地方のことだったが

本性である予定と秩序にそむく遊行を
中空にこれ見よがしに繰りひろげることなく
ということは
一切を口にしないでいることで
こうして石に化してしまったのだ
ひとは　このわたしを　なぜ
永劫の時間の檻に閉じ込められている　と
ため息つくのだろう

ふわりと天空を漂うことがいのちなら
たしかに　わたしは死んでいる
しかしまたわたしはこうも気づいている
時のひさしい経過のなかで
わたしには死も失われている　と
日夜も　その眠りと目ざめも　夢と性欲と
他の生きものとの抗いさえも
脱落していることを見てしまったのだ

五感をこえた一点にとどまることで
わたしは　やっと
劫初の入り口にさしかかったらしい

東アジアの一隅に
石片にとどまるわたしは購われてきたが
訪れる人はわたしを見おろしながら　だれも
わたしが曝した真実を見てはいない
自分はもうどれほど地上に生きられるか
束の間の歳月の過ぎ去りをかなしんでいる
そのくせ　わたしがいかにも無期の囚で
こうはなりたくない　という
その想いに引き裂かれて。

■第二回風賞■『アンソロジー風Ⅵ』
平成一一（一九九九）年六月二〇日（日）
最優秀賞・該当なし／優秀賞・飯島和子　石村勇二　増田耕三　山本耕一路

■第三回風賞■『アンソロジー風Ⅶ』
平成一四（二〇〇二）年六月一六日（日）
最優秀賞・図子英雄／優秀賞・門田照子　ひろい

最優秀作品

藤の鞘

図子英雄

初冬の朝　岨道《そばみち》をたどっていると
不意にびしぃんと　静けさが鞭打たれる
ドングリが落ちる音より
するどい金属的な高音で
耳もとをかすめる銃弾のように
大気がひび割れる
藤の鞘から身をもいだ鞘《さや》がはじける音だ
ぎゅうっと獣皮を圧搾したような
硬い扁平な鞘が土に激突した瞬間
烈しくねじれて　裂ける
ひらべったい飴色の種子は
翅を生やして
ちからのかぎり飛ぶ

みなづきの初め
淡紫の花房が散りおちると
葉芽に似た鞘形のちっちゃな粒が生まれ
陽ざしや風雨をこやしにして
二十センチちかく伸び下がる
分厚い果皮でしっかりとくるみ
野鳥の嘴から種子をいつくしみ育てながら
おのが身を干して
薄くうすくひき搾ってゆく
なかぞらに吊りさがる異様な護符——

師走の乾ききった寒い日
鞘ごと翅となって　はじけ飛ぶ

脳裏をよぎるのは
くろい炎に焦げる特攻隊の瞠《みひら》いた目が
つららの玉となったまま
錐揉みしてちぎれ落ちてゆく自爆の光景だ

びしぃん　びしぃん
怠惰な背中は鞭打たれつづける

■第四回風賞■『アンソロジー風Ⅷ』
平成一七（二〇〇五）年六月二六日（日）
最優秀賞・原　圭治／優秀賞・新井啓子　尾崎まこと

最優秀作品

海のエスキス　　原　圭治

ゆらり　ゆらり　ゆらりと揺れながら
海は　たえず覗いている
自分の肉体のなかを

覗いているその眼を知っている
丁度　波頭が舞いあがり
白く光る　二枚の羽根になって飛ぶ
きらりとした暗いアイ・シャドウの眼
遠い北欧の悲哀を飲み込んで
オーロラにとり囲まれた　魅惑の黒い穴
神話の海蛇は　そこから這い出てくるから

ほの暗い喫茶店に座って
やがて　ぼくたちは会話をはじめる
消費的な愛について
降る雨に　びしょ濡れている
街路の　旗のような二人について
そこを通り過ぎるさまざまな色あいの
雨傘のしたの人生について

そして　すべての行き着くところには
河と海が接合するところの
苦みと　かすかな温かさが混合するように
互いの肉体を　愛撫しあう行為が待っていること
を

いくつもの海の路は　そこから始まるから
ぼくが描こうとする線は混乱し　対象を失い
青春のエスキスは何枚も破り捨てられ
海溝深くに投げ込まれる

ぼくは　いま待ちながら見つめている
海というキャンバスに
今度こそ　決定的な線を描くために
海の　全てに触れることのできる瞬間を
じっと待っている

■第五回風賞■『アンソロジー風Ⅸ』
平成二〇（二〇〇八）年八月二四日（日）
最優秀賞・尾崎まこと／優秀賞・橋爪さち子・
横田英子

最優秀作品

あげは蝶

尾崎まこと

忘れたいことが
たった一つの手荷物
であるような旅がある

途中の深い峡谷には
吊り橋が架けられており
渡り口の小さな石碑には
〈大正何年何月何日　何々村の誰それが落下
　した〉
と刻まれていた

人ひとりがやっと通れる幅で
高所恐怖の僕は向こうから人が来れば
どうかわせばいいのだろうかと
気が気でない
目に映る生き物は自分だけ

姿のない鳥が鋭く叫び
けたたましすぎる蝉の鳴き声は
むしろ鳴かぬに等しく
谷は不気味に静まりかえっている

前だけを見て一足ごと
雲を踏むようにして渡っていくと
中ほどで同じく雲を踏む歩みの
あげは蝶に対面した
〈蝶ならわざわざ橋を渡らなくても良いもの
　を〉
僕の耳を魂の速度で掠めたとき
たしかに手負いの重い羽ばたきを聞いた
それは鎧の擦れ合うような
鈍い金属音だった

汗だくになって渡りきる
後ろのことは山も谷も
すべて忘れた

無数個の樹の瞼が開かれ
僕をまん中にして
再び激しい読経が始まった

■第六回風賞■『アンソロジー風X』
平成二三（二〇一一）年八月七日（日）
最優秀賞・青木はるみ／優秀賞・藤谷恵一郎

最優秀作品

息をつめて

青木はるみ

茶の間で
赤道直下ウガンダに棲息する巨大な鳥
ハシビロコウの映像を見ていた
この鳥はビクトリア湖の湿原で
不動の姿勢のまま何時間も静止
まばたきさえしない
創世記に神が〈光あれ〉と言われて
初めて光が発した
だから言葉には霊が宿っているとの
人間の言語観とは無縁の位置で
ハシビロコウの嘴は
更に脅威的であり更にユーモラスであった
まるで置物のように見えても
ハシビロコウは　ちゃんと息をしているのだ
息は〈生きる〉の〈生き〉である
ハシビロコウは〈息をしているもの〉として
息と共に言葉を発する人間のように
何らかの行動をおこすのだろうか
しかし　茶の間で　ひとり
えんえんと映像に対し息をつめている私こそ
無為である
それでも　今日　街角で
赤と青のゴム風船を貰ったことは特筆すべきだ
ろう
帰宅してから夢中で私は息を吹きこんだのだ
膨らんだものは
〈息をしているもの〉として
逃れようとする
私の息は別の物体から発し消滅しようとする
だが直ちに押さえつけ捻りあげ
私は私の息を窒息させたのである
快感——ゆうらゆうら
いくら私が息をつめているにしても
ゴム風船から私の体温を含む重い息が漏れだす
のだ
快感——ゆうらゆうら
決して言葉になり得ないものよ！
やがて　夜になる

■第七回風賞■『アンソロジー風XI』

平成二六（二〇一四）年七月一三日（日）

最優秀賞・山本なおこ／優秀賞・弘津　亭　吉田定一

最優秀作品

蝉

山本なおこ

蝉がころがっている

羽は破れ　頭には穴があき　足はもげ
蟻たちさえ捨てていった

どこからどこまでぼろぼろの蝉だ

風が吹けば
からからと音をたて

月の明るい晩には
心臓さえ透けて見える

だが
見るがいい！
蝉の瞳を
シンバルを打ち鳴らしたような
夏の光を
今も激しく映しているではないか

■第八回風賞■『アンソロジー風XII』

平成二九（二〇一七）年九月一七日（日）

最優秀賞・魚本藤子／優秀賞・橋爪さち子

最優秀作品

未来

魚本藤子

一本の線を横に真っ直ぐに引くと
いつでもどこでも
　すぐそこに
大地と空ができる

それから空と大地を繋ぐ垂直な線を書く
世界は少し複雑になる　でも
立ち止まらないで書き続ける
少し待っていると
きっと鳥がやって来るだろうから

垂直に立っている線が倒れないように
左右に広がったやわらかい線を書く
たとえ強い風が吹いてもその二本の線が
孤独な時間を支える

一枚の平面に正しく傾斜を書くことは
難しい
左右に広がった二本の線の傾きは
重心のかけ方によって
昨日になったり明日になったりする
けれど繰り返し何度も書いているうち
少しずつそれは木という丈夫な文字になる
それからそれは天を目指して
ぐんぐん伸びるだろう
さわさわと緑の葉も揺れるだろう
いつか　その頂に手が届かない
ただ見上げるばかりの大樹になるだろう

こどもは
一本の木を植えるような姿勢で
ノートに木という文字を書いている
その幼い苗木のような字が
窓からの陽ざしをあびて輝いている

「風」ゲスト一覧

（アイウエオ順・但し、この三年間で新しくゲストになら
れた方はその項目の最後に記載）

ア　青木はるみ　明石裸人　秋野光子　飽浦
敏　朝比奈宣英　後山光行　天野たむる（河
井　洋）　新井啓子　新井雅之　有馬　敲　粟
田　茂　飛鳥　彰　秋元　烱　**イ**　飯島和子
井狩初子　以倉紘平　いしだひでこ　石村勇二
和泉千鶴子　伊勢田史郎　犬塚昭夫　猪上清子
井上　庚　井上俊夫　岩井　洋　岩国正次　岩
渕欣也　井上哲士　今井　豊　いちかわかずみ
市原礼子　**ウ**　植嶋享介　上田味左子　上野山
定由　梅崎義晴　**オ**　大西宏典　大場達也　岡
崎　葉　岡本清周　岡本真穂　奥田和子　奥野
裕子　奥村和子　小倉宏友　刑部あき子　尾崎
まこと　おしだとしこ　小田悦子　落合みち子
小野田潮　姨嶋とし子　おれんじゆう　大倉
元　大西久代　**カ**　蔭山辰子　片岡文雄　片
山　礼　桂あさみ　かとうじゅんいちろう　金
田　弘　金堀則夫　椛島　豊　香山雅代　河井
洋　川中實人　川端喜代美　河崎洋充　神田好
能　神田さよ　梶谷忠大　方韋子　金川　宏
キ　木沢　豊　岸田美智子　喜尚晃子　喜多鉄
男　北口汀子　北原千代　北村こう　北村　真
君本昌久　木村ミチ　桐野かおる　金　時鐘
清崎進一　清沢桂太郎　**ク**　くりすたきじ　熊
井三郎と「１００円詩集」の仲間たち　**コ**　小
林尹夫　近藤久也　近藤摩耶　香咲　萌　**サ**
斎藤直巳　佐伯　洋　嵯峨京子　榊　次郎　坂
本達雄　作井　満　佐古祐二　左子真由美　佐
光希未子（三好希未子）　佐相憲一　佐藤栄作
佐藤勝太　真田かずこ　佐山　啓　沢　孝子
沢　夏子　沢木　進　榊　次郎と「軸」の仲間
たち　**シ**　志田静枝　紫野京子　嶋　博美　島
秀生　島田陽子　清水正一　下村和子　下出佑
太郎　白川　淑　正　眸子　下前幸一　清水一
郎　**ス**　すえかわしげる　末広　康　杉山平一
鈴木賀恵　すみくらまりこ　**セ**　瀬野とし　**ソ**
曽我部昭美　**タ**　高明浅太　高谷和幸　高田文
月　高橋　徹　滝本　明　武田信明　武西良
和　武村雄一　立山澄夫　立川喜美子　田中国
男　田中紀子　田中宏和　たなかよしゆき　多
弥雅雄　田端宣貞　玉川侑香　高丸もと子　田
村照視　タニウチヒロシ　田島廣子　たひらこ
うそう　**ツ**　司　茜　司　由衣　津坂治男　釣
辺与志　**テ**　寺沢京子　寺田　操　**ト**　冨上芳
秀　ときめき屋正平　外村文象　冨　哲也　冨
岡みち　鳥越ゆり子　**ナ**　直鳥順子　中岡淳一

永井ますみ　中尾彰秀　中塚鞠子　中西弘貴中野忠和　中森　聖　名古きよえ　名古屋哲夫苗村和正　奈津光平　永宮　勉　中西　衛　長岡紀子　ニ　西田彩子　西村博美　西　きくこ西田　純　ネ　根来眞知子　ノ　野島洋光　野田祥史　ハ　橋口しほ　橋爪さち子　原　圭治春木吉彦　畑中暁来雄　ヒ　久永元利　日高てる　平居　謙　平井シズ　平尾　哲　平野裕子平原比呂子　廣岡昌子　広岡曜子　平岡けいこ日高美里　フ　福田知子　福田万里子　福中都生子　藤岡俊子　藤沢滋子　藤谷恵一郎　藤本数博　藤本真衛　藤本真理子　藤原節子　淵上輝夫　福岡公子　風呂井まゆみ　ホ　細見和之堀　諭　マ　真栄田義功　前田経子　正岡洋夫桝谷　優　増田耕三　松本昌子　松本衆司　丸山　創　丸山真由美　松村信人　ミ　三木英治みくも年子　瑞木よう　水口洋治　水谷なりこ水野麻紀　三井葉子　南村長治　美濃千鶴　宮内徳男　宮川　守　宮川礼子　宮城恒敏　宮田恭子　明珍　昇　宮崎　隆　水月りら　三浦千賀子　水崎野里子　美濃吉昭　ム　向井ひろ江　麦　朝夫　村上久雄　村田辰夫　村野由樹モ　毛利真佐樹　桃谷容子　森ちふく　もりおかのぶこ　モリグチタカミ　森下陶工　もりた

ひらく　ヤ　薬師川虹一　安水稔和　安森ソノ子　柳内やすこ　屋根正彦　山内　清　山内龍　山川公恵　山口格郎　山口賀代子　山口三智　山口容視子　山崎寿々子　山下　徹　山田英子　山田　博　山中従子　山本格郎　山本博文　山本なおこ　山田兼士　ユ　由良恵介　ヨ横田英子　吉井　淑　吉田祥二　吉武眞沙世吉本　弘　吉田定一　吉田享子　リ　劉　燕子リヴィエールの仲間たち

二〇一七年

四八六回　安森ソノ子　詩にもある植物のような葉脈。不滅の心、直立させて。
詩集『香格里拉《シャングリラ》で舞う』　七月一六日

四八七回「ポエム「風」フェスティバル２０１７」於　大阪キャッスルホテル
風賞授賞式　最優秀賞・魚本藤子／優秀賞・橋爪さち子
講演「生誕一一〇年・中原中也の可能性」中原中也記念館館長・中原　豊　九月一七日

四八八回　玉川侑香　父の戦争手記は娘によって詩集となる。クリアな名詩として。
詩集『戦争を食らう━軍属、深見三郎戦中記』　一〇月二二日

四八九回　吉田定一　力を抜いて風に吹かれる。言葉がなびく。寄り添う。それは吉田定一の詩。詩集『記憶の中のピアニシモ』　一二月一七日

二〇一八年

四九〇回　中尾彰秀　（案内葉書にイラストあり）今ここ遙か
第23詩集『天降りの宴』など　一月二一日

四九一回　たひらこうそう　地球の始原の声　聴きながら一歩一歩は　魂に響く
詩集『地球の扉を叩く音』　二月一八日

四九二回　薬師川虹一

何れ土に還る石仏たち。その一瞬を写真・詩に封じ込めた。あるない狭間、この世に秘めて。詩集『石佛と遊ぶ』　三月一八日

四九三回　嵯峨京子

得てして人間の忘れている、生きることの美しさ、切実さ。野生動物は今も持ち続けている。詩集『映像の馬』　四月一五日

四九四回　北村　真

生きることの狭間から青空の立ち上がる言葉。アカデミズムならぬところから。詩集『キハーダ』　五月二〇日

四九五回　西田　純

大自然に生命を感じ、世界の源を見い出す詩たち。詩集『凮の森』　六月一七日

四九六回　榊　次郎と「軸」の仲間たち

最も多くの詩の可能性をもっている「軸」に拍手！　七月一五日

四九七回　秋元　烔《けい》

夢想の中に現実はあり、癒したる夢想がある。　九月一六日

四九八回　リヴィエールの仲間たち

多種多様でありながら一つの花　一〇月二一日

四九九回　金川　宏

果てしなき　わが水の旅・・・
月の光射して　ほころびるもの　一二月一六日

二〇一九年

五〇〇回　「風」の会　五〇〇回記念　大朗読会　於　国際会議場グランキューブ大阪会議室
風の歴史の話：榊次郎・左子真由美／『アンソロジー風』より歴代最優秀賞作品の朗読：片岡文雄・図子照雄・原　圭治・尾崎まこと・青木はるみ・山本なおこ・魚本藤子（代読含む）／持ち込み朗読
一月二〇日

五〇一回　藤谷恵一郎
ひかりは直視すると　まぶし過ぎる。
詩語によって生命噛みしめ　自らの今、見い出すのだ。二月一七日

五〇二回　松村信人
闇の心に　支配されない流儀は　優しく翼ひからせて　三月一七日

五〇三回　吉田定一
山本なおこ
何でもないことに　味を噛みしめる　人生の達人。
転んでもただで起きる　詩人・吉田定一氏。
四月二一日

五〇四回　参加者全員がゲスト！
前もって詩文集を作ります（当日可）。原稿は榊次郎まで。
五月一九日

五〇五回　三浦千賀子
友よ、明日のために　今あるいのちを　生きよ。
六月一六日

五〇六回　山田兼士
源は「みなおと」。世界は音から人を介して癒し癒される。
七月二一日

五〇七回　以倉紘平
無意識を卒業して　覚醒するを　永遠と言う
九月一五日

五〇八回　永井ますみ
昨年出版した『万葉創詩　いや重け吉事』を土台として、永井ますみの詩朗読と内部恵子さんの解説・朗読で皆様を万葉の世界へご案内いたします。
一〇月二〇日

五〇九回　熊井三郎と「１００円詩集」の仲間たち
庶民の立場からの社会批評の痛快！
一二月一五日

二〇二〇年

五一〇回　左子真由美&シャンソン歌手　松浦由美子
詩とシャンソンのコラボをお楽しみください！
一月一九日

五一一回　根来眞知子
止め処なく　哀感きらめいて　波動へと進化する抒情詩集『雨を見ている』
二月一六日

あとがき

未知との遭遇

詩を朗読する詩人の会「風」世話人代表　中尾彰秀

詩を朗読する。そこに音楽が発生し波動が生じる。たとえ巨匠のものであろうと、既成の音楽に合せるのではない。今新たに生じる音楽である朗読。そして声の波長は感情を超えた宇宙に共鳴する波動。それは物性をも内なる世界から変化させる。メビウス現象とそれは言う。普段、日常の会話や仕事上の話しと発声は同じでも、詩は内なる世界の掘り下げが違う。深さに至ることによって宇宙の源のエネルギーが降りたもうて、癒しを得ることができる。上手さに走り練習に留まり、まだまだ詩朗読の真意あるいは本質にめざめていない人が多い。また、朗読は決して詩人の特権ではない。あまねく皆々に拡まってしかるべきである。

当冒頭に記した〝波動〟。波動とは頭で計算され組立てた理知ではなく、身体全体のエネルギーが宇宙一体となって、その場を癒しにすること。波動は表現形態、言語、時代、人種、ジャンルを問わず、時空すら超え感動させる。しかし、失礼ながらかつての名作を私は信用していない。新たな名作を我々がつくるのだ。

ちなみに、およそ四〇年前、以前の中之島文化情報センターで「未知との遭遇」という音楽ライブにピアノインプロヴィゼイションで参加したことがある。主催は以前の〝風〟フェスティバルにおいて、フルートでバッハを演奏していただいた和田高幸氏。彼はダウジングやUFO研究で有名な方。その時の演奏テープをとあるギターの達人に聴いていただいたところ、物的感情に基づいた音域ではなく、宇宙一体波動であると言われた。現代に通じる先見の明。あるいはヒーリング。明確な答えに至っているのが現代である。その答えが「未知との遭遇」に理知に固まった現代人には思えるだけのこと。

さて、今回の〝アンソロジー風〟。皆様にとっていかなる「未知との遭遇」であるか、計算されたやさしさの答えであるか、コロナのごとくまだ答えの見い出せぬ地球超えたものであるのか、あるいは様々な発見で座右の一冊になるか、果たして。

中尾彰秀
ＥＡＲＴＨＰＯＥＭＰＲＯＪＥＣＴ主宰
詩人・ピアニスト・ヒーラー

アンソロジー風 XIII　2020

2020 年 7 月 20 日　第 1 刷発行

編　集　詩を朗読する詩人の会「風」
発行人　左子真由美
発行所　㈱ 竹林館
　　　　〒 530-0044　大阪市北区東天満 2-9-4　千代田ビル東館 7 階 FG
　　　　Tel　06-4801-6111　 Fax　06-4801-6112
　　　　郵便振替　00980-9-44593
　　　　URL http://www.chikurinkan.co.jp
印刷・製本　モリモト印刷㈱
　　　　〒 162-0813　東京都新宿区東五軒町 3-19

ISBN978-4-86000-435-4　C0092

定価はカバーに表示しています。落丁・乱丁はお取り替えいたします。